U0018572

歡迎來到東京食堂

いただきます

開動囉!

新井一二三
あらいひふみ

【序】

透過飲食閱讀世界

新井一二三

小時候，我有個夢想：若能變成透明人，就一家一家地悄悄進去看看別人家到底吃著什麼東西。當年日本社會還不是很富裕，恐怕大家吃的都差不多：不是沙丁魚乾就是秋刀魚乾之類。可是，我想親眼看看的並不僅是一天三餐的具體內容，而且是各個家庭的飲食習慣所表現出來的家族歷史、故鄉回憶等，換句話說：故事。隨著成長，我逐漸放棄了變成透明人的期望。幸好，我找到了溜進他人生活的合法途徑：閱讀。

初中時代，我迷上了日本女作家森村桂（一九四〇～二〇〇四）寫的小說和散文。她以南太平洋新喀里多尼亞島的紀行文《最接近天堂的島嶼》走紅，東京書店裡擺的講談社版「森村桂文庫」作品多達三十種。她父親是東京大學畢業的小說家，母親則是和歌詩人。桂是他們的獨生女，從小學到大學都讀了原初專門負責教育貴族兒女的學習院，而且跟美智子皇后是好朋友。顯而易見，她來自上流社會。然而，戰後不久的日本社會經濟仍未復興，國際上又相當孤立，連上流社會的女兒都渴望去海外旅行，嘗嘗異國的美味，但不容易。

在一本書裡，森村桂仔細描寫過她如何把憧憬了許久的烤箱終於弄到手，用它烤出來的香蕉蛋糕又多麼好吃迷人。從字裡行間，我看出來她對遠處的熱烈嚮往，也看出來對她而言，香蕉蛋糕不只是一種食品，而且代表未曾見過的美麗世界。何況，她十九歲時候去世的父親，曾給幼小的女兒講述過一年四季花兒都盛開、甜蜜水果永遠在樹上成熟的天堂般島嶼的故事。所以，自己烘烤南洋風味香蕉蛋糕來賞味，也是她悼念先父的一個方式。

我比她晚二十多年出生，中學時期家裡已有了瓦斯烤箱，用來做香蕉蛋糕並不困難。然而，我家沒有森村家那樣的文化環境；父母兄弟都不理解，爲什麼我偏偏要把好好的香蕉跟麵粉、砂糖、以及當時還昂貴的奶油混在一起，變爲一點都不顯眼的「土人食物」。現在回想，其實我也不能怪家人的，因爲他們沒有看過森村桂的書，無法對樸素的香蕉蛋糕有跟我一樣熱忱的憧憬。

後來，我出國漂泊很多年，在遙遠的異鄉經常想念日本的食物。我想念的果然不僅是具體的食品，而且是圍繞著它的人和記憶，也就是：故事。正如森村桂的香蕉蛋糕包羅著對已故父親的思念、對遠處的嚮往，同時也牽涉到了法國統治新喀里多尼亞的歷史所留下來的混血食品、用來做它的外國工具，以及作爲上述一切綜合的香味和口感，一個一個日本食品在我腦子裡逐漸形成爲一系列的故事。

這本書收錄的共七十篇散文，本來大多是爲廣州《南方都市報》文藝版撰寫的。二〇一二年秋天，在中國發生了激烈反日運動後不久，該報編輯就跟我聯絡，邀請寫一週三篇的短文。我實在佩服中國報人的良知與勇氣。再說，廣州也是我曾在中國留過學的兩所學府之一中山大學的所在地，所以感覺猶如收到了家鄉來信一般溫暖。於是開設的「東京時味記」專欄，開始的半年裡寫的主要是日本的飲食。只是，我向來就認爲飲食是窺見世界最好的窗口，所以希望讀者能透過我的專欄，知道多一點日本社會與人的故事。

現在把文章整理起來，要由台灣大田出版社刊行，我實在感慨萬千。因爲還沒有上大學開始學中文以前，我已經看過台灣作家邱永漢寫的《食在廣州》，當年對文中講到的烏魚子、肉粽等台灣美食，以及對蝦餃、叉燒包等港式點心所憧憬的程度，一點都不亞於早幾年對新喀里多尼亞風味香蕉蛋糕的熱望。

邱永漢（一九二四～二〇一二）是台南人，讀了當年的東京帝大，日本戰敗後回台灣遇上二二八事件，被國民黨政府通緝而逃到香港去，有緣娶到當地闊家千金，對粵菜有了豐富的知識和獨特的見解。婚後從香港重新搬去日本，邱永漢寫《香港》《濁水溪》等取材於親身經驗的小說，獲得了一九五五年的直木獎，並且跟同一期的芥川獎得主石原慎太郎一起領了獎。然而，當年的日本社會對台灣人的遭遇不大關心。似是爲了迎合日本讀者和出版商的口味，他故意按照外界對漢人的成見去做人，開始寫有關飲食和投資的文章。他很多年都沒有公開自己的血統；實際上，他母親是日本九州人，幾個兄弟姊妹中，除了他以外全都一出生就登記爲日本人的。一九五七年問世的《食在廣州》，被名評論家丸谷才一譽爲日本三大美食散文之一，成爲了作家邱永漢畢生的代表作，至今半個多世紀，仍然能在日本書店買到，可說早進入了古典之列。

二〇一二年，他在東京去世，報導訃聞的日本報紙寫道：發財之神邱永漢先生八十八歲辭世。我二十多歲去廣州中山大學念書，後來也到台灣嘗嘗美麗島風味，如今爲廣州報紙寫飲食專欄，該說都是《食在廣州》引的路。如今邱先生已經在九泉之下，我在此表明對他衷心的感謝和尊敬。

歡迎來到東京食堂

目錄

壹 123私房菜

貳 日本四季味

參 魚卵的世界

肆 便當學

伍 菜譜迷

陸 菜市場之旅

柒 東京人的廚房

捌 日夜食堂

玖 食在他鄉

歡迎來到東京食堂
123私房菜

‧黑輪、熬點、關東煮

果然冬天寒冷日子裡吃的阿田是大家的至愛。

おでん

日本便利商店很多都在收款處邊放著四角鐵鍋賣關東煮、黑輪或熬點，其實都是東京人所說的oden，乃在用醬油調味的昆布湯裡煮魚糕、蒟蒻、蘿蔔、炸豆腐、煮雞蛋等菜餚。oden沒有正式的日文書寫法，一般都用平假名音標寫成おでん，不過語源則應該是中世紀日本流行的田樂，乃類似於中國秧歌的民間活動。田樂的各項表演節目中，最著名的是踩高蹺。因爲串在竹籤上的豆腐、蒟蒻等食品，看樣子像踩高蹺，日本人最初叫它爲田樂，後來變成了其暱稱阿田即oden。

阿田是東京最常見的火鍋，每個家庭每個冬天都要吃幾次的。大阪、京都等關西地區本來沒有阿田，由於是從關東傳過來的雜燴，因此稱之爲關東煮了。後來，阿田也傳到台灣去，把日語oden用閩南音的假借字寫成黑輪，久而久之普及全島了。不過，我在台灣嘗過的黑輪，有貢丸、豬血糕、糯米腸、烤麩、玉米、香菇等，東京阿田裡從沒出現過的品種，並且是沾甜辣醬吃的，可說早已發展成台灣獨特的菜式了。

至於熬點，那是一九九七年日資的羅森便利店打進中國大陸市場時，把oden用普通話讀音的假借字寫成熬點的。我在網路上看到羅森熬點的花樣，也發現北極翅、香蔥肉輪、玉米腸等在日本從來沒聽說過的品種。看來，oden這一菜式特會產生各地不同的花樣來。

其實在日本關西地區的關東煮裡，都有幾樣東京阿田沒有的品種。比如說：牛筋、章魚、鯨魚肥肉。如今在東京很少有賣鯨魚肉，但是牛筋、章魚則容易買得到。尤其牛筋，富有膠質的口感非常特別，而且本來只有海鮮和蔬菜類的阿田火鍋裡，一旦加入了肉類就實在過癮，再也不能沒有了。於是我家的阿田，除了昆布結、沙丁魚丸、蒟蒻、蘿蔔、炸魚糕、竹輪、雞蛋等以外，還一定要有牛筋串，否則會令家人失望的。

另一個品種，我小時候沒有，今天卻贏得廣大孩子們的支持，是日語所謂的餅袋，乃把油炸豆腐片切成兩半，弄開成袋狀後，裡面放進年糕塊，並用牙籤縫住的。這種餅袋，在阿田湯裡煮上了十五分鐘，油炸豆腐皮吸收湯水，年糕塊則變軟軟的，吃起來不僅可口而且塡飽肚子，總之帶來很大的滿足感。

在家吃阿田的時候，我當上便利商店收款員的角色，拿起長筷子，分給每人他們各自想吃的品種。好在家裡吃不用付錢，而且我這收款員也邊服務邊吃，有點演戲、遊戲的味道。果然冬天寒冷日子裡吃的阿田是大家的至愛。

すしのかみ

壽司神

父親住院期間，用小毛巾當教材，教我做壽司的正確姿勢。父親去世後，吃不到他做的壽司，我開始做跟老爸學的江戶前(老東京式)的壽司給家人吃了。

日本最重要的信仰是祖先崇拜。日常生活中，當基督徒或天主教徒要向上帝祈求保佑祝福的場合，日本人一般都想到彼岸的祖先來。比如說我，每次去魚店採購壽司材料之前，都心裡向先父祈求：拜託老爸，請替我確保種類多些、價錢合理些的海鮮！

魚店和肉店或其他商店都不同，每天在店頭擺放的商品種類，是當天和前一天的捕魚成績決定的。於是，有時候去魚店，賣的海鮮種類非常多而價錢也便宜，有時候卻商品種類特別少而價錢也很貴。同一種商品的價錢，在同一個星期裡，變動幅度會大到兩三倍。

至於我爲何向先父祈求，是因爲他年輕時候在爺爺開的壽司店裡當過廚師。雖然跟我母親成家後獨立出來改了行，但是直到晚年，他都一貫樂於做壽司招待親朋好友的。甚至患上胰腺癌，住院接受插管餵養時期，都在病床上，把小毛巾當教材，教了我做壽司的正確手勢。後來老爸上了天，吃不到他做的壽司了。我倒開始做跟老爸學的江戶前（老東京式）壽司給家人吃了。

前些時，兒子過十五歲的生日。我問了他：要訂法國餐館還是訂俄羅斯餐館？他卻回答說：要在家裡吃媽媽做的壽司。好吧，媽媽會爲你努力做壽司。早晨他出去上課以後，我先烤好蛋糕，然後到鮮魚店採購材料去了。不必說，路上我都心裡向老爸祈求保佑。果然，到了魚力立川店，冰櫃裡擺的商品種類之多，價錢之合理，都叫我非常滿意。心中感謝著老爸幫忙，把一個一個材料放進採購籃子去了。

紅色的鮪魚、橙色的三文魚、鰤魚肥肉、北海道產帶子、冬天風味鱈魚白、鮭魚子、魚力特製的魚漿煎蛋，以及章魚和烏賊。另外，鱸魚要用海帶醃成昆布綁，槐魚則要鹽醃後用醋洗成酢綁。這樣就有十一種壽司，該夠豪華了。未料，早晨的魚店還推出限時減價的商品：這天則是一大杯一大杯的生猛蛤仔賣得很便宜，於是決定做蛤仔味噌湯。

把總共十二種食品放進購物袋子裡帶回家，重量有好幾公斤。可是，精神上的滿足感壓倒肉體上的疲勞。出生為壽司廚師的女兒是我的福氣、我的驕傲。父親在世時候能夠吃他做的美味；他走了之後，能夠做跟他學來的美味吃，也能讓孩子們吃。放在餐桌邊書櫃上照片中的老爸是微笑的，這天好像在說：有我當守護神，妳要做壽司，怎麼也錯不了。

うおりき

魚力

我曾決定終結在海外漂泊的日子而回到家鄉日本定居，一個很大的原因是想吃應時的海鮮過後半輩子。

魚力是我常去的鮮魚店字號。它位於鐵路立川車站附設的商場大樓LUMINE的地下一層，每天顧客絡繹不絕。東京的鮮魚店多如牛毛，光是東京魚商業協同組合（即合作社）成員就有六百多名，但是那只包括老市區的魚店而已，沒有算郊區魚店在內。魚力是東京西郊多摩地區最大的魚店：經營五十個門市和七家壽司店，總共有大約五百名全職僱員和超過六百名鐘點工工作。

要買鮮魚，日本每家超級市場都有得賣；但超市的商品都是已包裝好的。去了魚力一類規模大的專門店，才能看到剛從產地或者批發市場送來的新鮮海鮮。我很喜歡跟專業知識豐富的店員聊聊，也經常請教他們不同的魚類怎樣烹調才最好吃。

任何一天，魚力擺的魚種都遠遠超過一百種。光是能做生魚片或壽司的品種就有：鮪魚、鮭魚、鰤魚、鯛魚、鮃魚、鱸魚、沙丁魚、墨魚、河豚、乾貝、鮑魚、甘蝦、飛魚、竹莢魚等等。冬天適宜做火鍋吃的有：鱈魚、鮟鱇魚、雷魚、牡蠣等。特定的季節才上市的種類則有：秋刀魚、鰹魚、螢魷魚、香魚、針魚、鮍魚、公魚、蛤蜊等等。另外也有螃蟹、海膽、魚白、魚子、海鞘、海參、蠑螺等等特別合適於當下酒菜的海味。海鮮的種類實在多得數不清。所以，日本壽司店給客人用來喝茶的大杯子上，歷來印有類似於中國百福圖或百壽圖的百魚圖，但全部都是不同的魚！

我曾決定終結在海外漂泊的日子而回到家鄉日本定居，一個很大的原因是想吃應時的海鮮過後半輩子。

我留學時候的一九八四年，北京老百姓幾乎吃不到海鮮；有一個冬日，當地朋友的父親爲了招待我，竟在大冷天外頭排隊兩個小時，買了一盒冷凍小蝦，也只有我一個人吃的分，沒有他們家人吃的。「好吃嗎？」老先生邊問我邊重複點頭的樣子，直到今天都叫我深感過意不去。十多年以後我回到北京，當時街上到處開了叫某某水族館的港式海鮮餐廳而生意特好，眞叫我有三十年河東三十年河西的感慨。

最使我吃驚的是加拿大安大略省郊外的超級市場賣的魚，居然是裝在長方形紙盒裡冷凍的。既沒有魚頭魚尾，也沒有魚皮更沒有魚骨，而是純純粹粹的魚肉，叫我受盡了文化震驚。從那兒，我旅遊去波士頓、溫哥華等海邊城市，好期待嘗嘗當地產鮮魚的機會。但是，北美人吃的魚種很有限，不是三文魚就是比目魚，而且烹調花樣都少得可憐，不是油煎就是油炸。嘗著聞名於世的波士頓蛤蜊濃湯，我多麼想用日本式做法把它酒蒸起來吃唷！

‧啤酒燉牛肉

大家都以為，道地西餐的做法肯定很複雜自己做不成，於是買來綜合醬料能搪塞過去就好。實際上，歐洲菜的做法並不一定很複雜。

ビーフシチュー

啤酒燉牛肉是我的拿手菜之一，當初是看日本著名的料理研究家大原照子的食譜《歐洲家常菜》學到的。

做法很簡單：從肉店買來一人一百到一百五十克的牛肉塊，撒鹽、撒胡椒蘸上麵粉，在平鍋裡用奶油煎好了，就放入鐵鍋去。在同一個平鍋裡，亦炒一下胡蘿蔔塊和洋蔥塊，同樣放入鐵鍋去。打開兩個啤酒罐，全部都往鍋裡倒進去，再加上番茄糊（tomato paste）、檸檬汁、鹽、糖、胡椒粉，以及月桂葉、洋芫荽等香料，點上火。燒開了，就蓋上蓋子，用慢火燉一個小時，臨吃前再加點黃油和胡椒即可。另外，把法國麵包切成片。邊吃肉，邊在麵包上塗上湯汁吃。其他什麼也不需要，有一瓶紅酒可說是完美的一頓飯了。

網路上查詢這種菜的起源，都說源自比利時家鄉菜Carbonade Flamande，即法蘭德斯式炭肉。本來是用當地產黑啤酒燉的，所以做好的菜會呈黑色，看起來似炭烤焦黑的肉或者烤肉用的木炭塊。

日本人吃西餐的歷史短，很少有人眞正懂得做。如果在家做，一般都用食品公司出售的綜合調味料。做咖哩飯就用看起來像牛奶軟糖的咖哩塊，做燉牛肉也用紙盒裝的醬料塊。大家都以爲，道地西餐的做法肯定很複雜自己做不成，於是買來綜合醬料能搪塞過去就好。實際上，歐洲菜的做法並不一定很複雜。家常便飯嘛，古今中外都是當地主婦做的，不可能複雜到哪裡去。

一九二九年出生的大原照子，四十三歲時候，一個人領著皮箱去歐洲，前後四年在英國等地學了當地家常菜的做法。她回日本以後問世的食譜書以及家務指南書超過一百種。如今八十高齡，她仍不停地出版新書，也在東京時髦的青山地區經營英國古董店。老一輩的職業婦女特別能幹而且很懂得過日子。她女兒或孫女一輩的讀者看她的書，要學的不僅是個別菜餚的做法，而且是歐洲合理主義的家庭經營法。

我開始做啤酒燉牛肉已經十多年了。最近的一次是女兒參加芭蕾舞溫習會的晚上，她爺爺、奶奶、姥姥都順路到我家聚餐的時候。

早一天買來的牛肉，當天上午花一個半鐘頭煮好，晚上跟三個長輩一起回家後，邊弄熱邊切麵包，十分鐘以內就能開飯了。果然三位老人家和他們的孫子女都吃得高高興興，直到鍋底附著的湯汁都給兒子吃得乾乾淨淨了。

雞唐揚

雞唐揚在日本，可以說有無所不在的群眾基礎。無論在超市賣的便當（盒飯）裡，還是在學生食堂、職員食堂的當日套餐裡，只要有兩三塊雞唐揚，大家都會高興起來。

とりのからあげ

女兒十一歲，差不多學會了日本小學要教的一〇〇六個教育漢字。結果，生活中接觸到的大部分單詞，她都看得明白，對世界的理解也似乎深化了一層。昨天吃晚飯的時候，她就問了我：媽，唐揚是中國菜嗎？

晚飯主菜雞唐揚是老公做的。平時我做的晚飯，素的多於葷的。每週一兩次老公做的晚飯，則幾乎一定是卡路里挺高的，如：煎牛排、炸豬排、咖哩雞飯。還好，爸爸的招牌菜之一雞唐揚是兩個小孩都愛死的菜式。把雞肉塊用醬油、酒、薑蒜等醃了片刻後，裹上澱粉油炸的雞唐揚，跟肯德基最大區別在於：日本人視雞唐揚爲東方風味，所以一定得用筷子吃；肯德基則被視爲西式快餐，所以可以用手吃。

雞唐揚在日本，可以說有無所不在的群眾基礎。無論在超市賣的便當（盒飯）裡，還是在學生食堂、職員食堂的當日套餐裡，只要有兩三塊雞唐揚，大家都會高興起來，心裡自言自語道：辛苦的工作、艱難的學習都值得了，人生還有雞唐揚吃。

小女孩猜想雞唐揚是中國菜，主要因爲名字裡有個「唐」字。她知道那是古代中國一個王朝的名稱。再說，我們曾去過的幾家中國餐館，如神戶三宮的牡丹園、東京神田神保町的揚子江菜館，也確實都供應雞唐揚。

在日本，名字包含唐字的食品有：唐辛子、唐茄子、唐黍、唐芋等，都是從國外傳來的舶來食品。唐辛子是辣椒，唐茄子是番茄，唐黍是玉米，唐芋則是甘薯。這麼看來，日文中的唐字顯然相當於中文裡的胡字（如：胡椒、胡蘿蔔、胡瓜）或者番字（如：番椒、番茄、番木瓜），指外國或者異族。

記得在廣州中山大學留學的日子裡，有一天看到從北方來出差的先生，要在街邊商店買東西，卻語言不通，心急起來就大聲喊：哪裡有中國人不說中國話的！女售貨員以更大的聲音回罵道：唐人當然講唐話！她罵得挺漂亮，贏得了很多旁人的支持：好嘢！

バースデーケーキ

生日蛋糕

我小時候，蛋糕是每年幾次母親從麵包店買來的貴重食品。後來，幾乎每個日本家庭都有了烤箱微波爐兩用機，從此在家都能烤蛋糕了。

女兒過生日，我從一大早做起蛋糕。小麥粉、奶油、雞蛋、砂糖、香草精、鮮奶油、草莓，都準備好了。電動攪拌器和圓形烤盤，也拿出來了。瓦斯爐上放個平鍋慢火煮水，上面擱的不鏽鋼大缽裡，把雞蛋和砂糖攪拌到完全冒泡，大約需要十分鐘。當白色泡沫呈現法國人所說的「絲帶狀」，就把大缽拿下來，加入小麥粉、融化奶油以及香草精，輕鬆混和幾下，以免使泡沫消滅。混和好了，將發麵團倒進圓形盤裡，送進烤箱，要以攝氏一百八十度烤三十五分鐘。

過十來分鐘，從烤箱飄出蛋糕的香味來，打開門看看，發麵已膨脹，表示一切順利。只是表面呈著咖啡色，若不採取任何措施，不久就開始焦黑了。於是匆匆撕下鋁箔紙，蓋住蛋糕。

等廚房計時器響了，便套上隔熱手套，把烤盤取出來。用竹籤刺一下看看，沒有發麵黏著，表示已經烤透。在預備好的鐵絲網上，馬上把烤盤翻過來放，免得剛膨脹好的蛋糕被自己的重量壓扁。使之自然退熱，需要一個多小時。其間要做三件事情。第一，用水、糖和一點白蘭地煮成糖漿。第二，把鮮奶油和糖攪拌到冒泡。第三，把四粒草莓切成兩半用來裝飾，其他草莓則切成薄片。

蛋糕退熱了，就用長刀切成三層。在底層上，先用刷子輕輕刷糖漿，然後塗上鮮奶油，最後用草莓片鋪滿表面。在第二層上也重複同樣工程。至於最上層，刷了糖漿，塗了鮮奶油後，用剩下的草莓做裝飾。花掉整個上午，特製蛋糕終於完成。

晚上，吃好了生日大餐，就要吃蛋糕了。把冰箱裡的圓形蛋糕拿出來，上面立了跟年齡一樣數目的十一根小蠟燭，用火柴一一點上火，隨著老公和兒子唱的生日歌，端上餐桌去。女兒吹滅蠟燭火的剎那，老公拍下來紀錄。之後，拿刀把蛋糕放射狀地切成八塊。

從老大兒子出生到現在，我做了幾十次蛋糕了。孩子們的生日做鮮奶油草莓蛋糕，老公的生日做黑巧克力蛋糕。我家並不信仰基督，但是跟多數日本家庭一樣，有過聖誕節的習慣，每年十二月二十四日做法國式木柴型蛋糕。

我小時候，蛋糕是每年幾次母親從麵包店買來的貴重食品。後來，幾乎每個日本家庭都有了烤箱微波爐兩用機，從此在家都能烤蛋糕了。如今雖然有很多商店賣專業點心師做的精緻蛋糕，我家孩子總期待吃媽媽做的蛋糕。於是年復一年，我都做蛋糕，有趣的是，一年比一年做得好吃。

こうべビーフ

神戸牛肉

日本有三大牛肉之說：松阪牛肉、近江牛肉、神戶牛肉。這些高級牛肉的特點是「霜降」，即瘦肉中有肥肉，肥肉中有瘦肉，兩者猶如草莓味雪糕一樣混和成粉紅色的一體。

作爲年終禮物，婆婆寄來了神戶牛肉。之前，她來電郵詢問過：要牛排？烤肉？壽喜燒？還是涮牛肉？總之，她去神戶元町的老字號肉鋪森谷商店親自購買的，品質可說全日本最高。我跟老公商量了好幾天，最後決定要涮牛肉。

爲了保冷裝在泡棉塑料盒子裡的一公斤生牛肉薄片，呈現出粉紅色和純白色的大理石狀紋理，看起來就跟玫瑰花一樣漂亮。星期天晚上，老公擔任起大廚，要吃涮牛肉了。他先把卡式瓦斯爐放在桌子上，然後準備芝麻醬和「椪酢」，即用椪柑做的醋。接著在砂鍋裡煮昆布湯，把白菜片、大蔥段、豆腐塊、幾種蘑菇和粉絲等清煮一下，最後宣布：大家集合！涮牛肉開動了！

平時在我家吃的涮涮鍋，以日本國產的豬肉片和從紐西蘭進口的羊肉片爲主。品質好的牛肉呢，雖然知道很好吃，但是價錢實在太貴了，竟比豬肉或羊肉高出五到十倍。如果兩個大人要嘗一點還行，但是讓正在成長飯量頂好的孩子們吃的話呢，結果不外是他們吃不飽或者做父母的破產。於是婆婆寄來高級牛肉當禮物，眞是對兩代小輩體貼透了。

日本有三大牛肉之說：松阪牛肉、近江牛肉、神戶牛肉。這些高級牛肉的特點是「霜降」，即瘦肉中有肥肉，肥肉中有瘦肉，兩者猶如草莓味雪糕一樣混和成粉紅色的一體。做涮涮鍋吃吧，既嫩又不膩，簡直達到了北京的涮羊肉老字號東來順描寫自家羊肉所說的「賽豆腐」之地步。

三大牛肉的生產地都離東京比較遠，屬於以大阪、京都爲中心的關西地區。我從小在東京長大，吃到牛肉的機會很少，母親從鮮肉店買來的幾乎一定是豬肉或者雞肉。嫁給了關西人以後，每年都去婆家，有幸吃到優質牛肉的機會增多了。特別是十來個人一起吃團圓飯的時候，準備兩桌的涮牛肉，既省事又好吃，可說是不錯的選擇。今年因爲我兒子應考高中，元旦前後都上補習班，不能回關西老家過年，於是婆婆寄來了裝著牛肉的冷藏包裹。

吃完了火鍋，日本人一般把米飯和散雞蛋投入於砂鍋中煮一下，熬成菜粥吃。最近我家倒流行放進買來的拉麵做湯麵吃。一公斤兩萬多塊日圓的牛肉熬出的湯水，果然是與眾不同的美味，正處成長期的兩個孩子也吃得很飽，更不用說他們父母了。

・醬醬燒

ちゃんちゃんやき

北海道人稱之為Chan Chan燒。問問他們到底Chan Chan是什麼意思，大多會回答說：這種菜做起來不費事，父chan（老爹）都能cha cha（簡簡單單）做出來的意思吧。

日本人準備過元旦，是十二月二十八日開始的。早幾天剛學著西方人過了聖誕節，很快又得過個陽曆年，實在忙極了。在各家庭，匆匆取下房子內外聖誕主題的裝飾，趕緊在房門上掛個注連繩即辟邪繩索，門口兩邊則豎起松枝，以示歡迎年神降臨。至於食品商場，二十四、二十五兩天大量賣了烤雞、蛋糕以後，二十八日就擺起供給年神的圓形年糕、元旦要吃的紅白蒲鉾魚糕、栗金團、蜜黑豆。同時，全年都賣的蔬菜如胡蘿蔔、青菜、芋頭等的價錢也趁機提高好幾成來，乃所謂的喜事行情。

凡是兩個季節交替之際，中間一定出現短暫的眞空時光。在歲末的日本而言，非十二月二十七日莫屬。那天我去鮮魚店逛逛，本來要買幾種生魚塊帶回家晚上做刺身吃。可是，平日貨色超豐富的魚力門市部，這天顯得格外冷清，並不是顧客少而是商品少；我一時弄不清究竟是怎麼回事。然後，我看到，店內一角落有個年輕男性售貨員，一邊從保冷箱子拿出鮭魚來，一邊大聲喊話在大拍賣：智利產銀皮鮭魚啦，今天全年最低價。

於是我走過去看看，結果確實特便宜：半隻大鮭魚切成六七塊，總價才五百九十塊日圓，簡直是平時的三折左右了。看樣子品質都還不錯的，怎麼人家一下子解凍這麼多鮭魚，要以大減價儘快賣出去呢？啊！我忽然想通了。今天是十二月二十七日，他們趁聖誕新年交替之際，想把冷凍庫大掃除一番。估計今晚或者明早大批螃蟹、鮪魚肥肉、紅醋章魚等等元旦食品入貨之前，非得把冷凍庫裡占地方的進口鮭魚全拿出來，一口氣售完不可的。回家後秤了重量，半隻鮭魚果然有一公斤半。我大膽地揮刀去除了骨頭，剩下的魚肉都有一公斤。除以四口子，一份就有兩百五十克了。這麼多鮭魚該怎樣吃？

在日本，北海道人吃鮭魚最多。那裡的山區有熊，老電影「追捕」的女主角眞由美不小心就被野熊襲擊，在救援她的過程中，掉進河流去的嫌犯高倉健，恐怕嚇壞了水裡的鮭魚。從前去北海道旅遊的人，往往買回來熊抱著鮭魚的樸素木雕。直到一九八〇年代，東京魚店賣的鮭魚都是鹽醃的，吃前一定要火烤熟透，因爲河裡釣上的淡水魚常有寄生蟲，萬一吃下了就很難驅除，搞不好得受一輩子的折磨。現在流行的海產鮭魚刺身、壽司是後來從國外引進而普及日本的。另一方面，即使在從前，北海道人有生吃淡水鮭魚的習俗，乃利用寒冷的氣候，先在戶外把魚肉冷凍起來使寄生蟲死滅，而後把處於半解凍狀態的魚塊切成薄片吃的。那樣做的鮭魚叫做Ruibe，是原住民阿伊努族語言裡「溶化食品」的意思。聽說中國東北的少數民族赫哲族也有類似的傳統菜。

北海道盛產鮭魚，烹飪方法有好幾種。除了Ruibe以外，石狩火鍋、醬醬燒都頗有名氣。石狩火鍋是在加了味噌的昆布湯裡，煮鮭魚塊和豆腐、蔬菜吃的。醬醬燒則在鐵板上炒一下鮭魚和高麗菜、胡蘿蔔、洋蔥、芽菜、小蘑菇等，再加點混和了味噌、清酒、白糖而成的綜合調味料，蓋上蓋子蒸熟，最後投入一塊奶油拌一拌即可。北海道人稱之爲Chan Chan燒。問問他們到底Chan Chan是什麼意思，大多會回答說：這種菜做起來不費事，父chan（老爹）都能cha cha（簡簡單單）做出來的意思吧。他們似乎眞的那麼相信。由我看來，Chan Chan燒卻絕不外是醬醬燒，猶如岩手縣的當地風味Ja Ja麵，不可能不是源自中國的炸醬麵。

直到一八六八年的明治維新，北海道是以狩獵爲業的阿伊努族人居住的偏僻地區，總人口才六萬而已。改元後的第二年，明治政府就設置北海道開拓使，促進國人成爲屯田兵而移居北方新領土去，開發原野並抵住北鄰俄羅斯向南擴大實力。當年去了北海道的，很多是權力交替中下了台的舊幕府時代的諸侯和其家臣。我估計，他們好想念曾在家鄉吃的生魚片，學阿伊努人的做法開始吃冷凍鮭魚的。

一九四五年，日本戰敗，從原殖民地、占領地等被遣返回來的國民當中，有不少是早已失去了跟家鄉親戚的來往，無家可歸的。那時候，日本政府又斡旋那些歸國僑民到北海道開發原野去了。在高倉健當主角的老電影「遠山的呼喚」裡，倍賞千惠子飾演的女主角和兒子過的就是二戰後新移民的艱苦生活。

也許，希望儘快忘記艱苦的過去是人的常規。如今多達五百五十萬的北海道居民中，有相當多一部分是六十多年以前從外地遣返回國，在人生地不熟的寒冷原野住了下來，白手起家的人們之子孫。所以，今天最著名的北海道風味成吉思汗鍋，顯而易見是北京烤羊肉的拙劣模仿；當地人卻堅持，那是北海道的鄉土菜。可是，連鍋子的形象都很相似啊，不可能純屬巧合吧。至於Chan Chan燒的Chan，也應該是主要調料味噌即黃醬，用中國北方話讀起來的發音。最後加進去的奶油，一般日本人吃得不多，但是在畜

やきにくディナー

烤肉晚餐

餐桌上設置好卡式瓦斯爐和專用鋁製鍋，自己烤肉片和蔬菜片而沾著荏原牌醬料吃，在當時的日本人看來特新鮮，一下子就流行起來了。

我兒子正應考高中。在日本，小學和初中是義務教育，大多同學都上居住地區的公立學校。另一方面，雖然高中的升學率已達到百分之九十八，但還不是義務教育，非得每個學生一所一所地報名投考去。公立高中基本不收學費，上了私立高中就得付一年一百萬日圓的學費，理應大家希望兒女能考上水平盡可能高的公立學校。然而，公立高中的名額總共只有同年人口的七成而已，重點學校的競爭率達兩倍左右。爲了確保萬一名落孫山時的去處，一般都事先應考兩三所私立學校。

這兩天，兒子應考的兩所私立高中一一放榜，幸虧都及格了。連續兩天參加考試，學生自己很疲倦，爲他清早起來做便當的母親也夠累了。於是託老公去大和田精肉店買牛肉、牛肝、牛大腸回來，以便晚上在家吃韓式烤肉。

大和田精肉店位於區域鐵道南武線的谷保車站附近，從我家騎車去要十多分鐘。南武線是一九二〇年爲了運輸修路用砂石而建設的路線，從東京西部的立川到海濱工業城市川崎，共四十五公里的軌道一直沿著多摩川。河邊是歷史悠久的農村地帶，至今還種著大米、蔬菜、水果。靠近農村的精肉店賣的鮮肉物美價廉，値得特地騎車過去。何況，現時六十多歲的老闆夫婦還記得我兒子很小的時候坐娃娃車外出的樣子。後來他成長爲戴棒球帽的小學生，臉上長青春痘的初中生，如今應考高中，他們好比是親戚一般地惦記著放榜結果如何。

日本家庭吃韓式烤肉是一九六八年荏原食品公司出售瓶裝烤肉醬以後普及的風俗。如今家家都有的攜帶式瓦斯爐，則於一九六九年由大阪岩谷產業領先上市的。餐桌上設置好卡式瓦斯爐和專用鋁製鍋，自己烤肉片和蔬菜片而沾著荏原牌醬料吃，在當時的日本人看來特新鮮，一下子就流行起來了。我本人曾在中國留學的日子裡，有機會去瀋陽的朝鮮族飯館吃炭火烤肉。桌子上擺著醋、糖、醬油、辣椒粉等，隨手調好的醬料挺好吃的。於是忽然覺得很奇怪：怎麼日本人都不知道烤肉醬是能夠自己調的？

對一九九八年出生的兒子來說，卡式瓦斯爐和自家製烤肉醬都是從一開始就有的。大和田精肉店也是一直在那兒的。辣白菜卻是他近兩年才學會吃的。爲了慶賀和進補吃一場烤肉晚餐，大家都很高興，又有精力應考第一志願的公立名校了。

あげだしどうふ

揚出豆腐

把豆腐這麼常見平淡便宜的材料，經烹飪化為一道名菜，由我看來是下廚的人才會使的魔法，也是下廚的人才會嘗到的樂趣。

日本菜的烹飪法，跟中國菜比較，顯然簡單許多了。要麼把材料洗淨後切片生吃，或者直接火烤，抑或在水裡清煮等。猶如做中國菜，先過油再煮等，分兩段三段的料理方法在東瀛家庭的廚房裡，從來沒有普及，更沒有落實過。於是日本名菜之一揚出豆腐，一般都是上館子才能吃到的美味。

我自己第一次吃揚出豆腐，也是大學時代跟朋友去居酒屋的時候。在稍微帶甜的湯水裡，放置著不大不小的豆腐塊，上面擱點柴魚片和生薑泥。當主角的豆腐，是去水後外面沾了澱粉油炸過的。吃時用筷子把豆腐分成小塊，並把掛袍的部分盡量沉浸於湯水裡。這麼一來，炸脆的皮兒吸收水分而呈現出滑潤的口感來，跟豆腐的柔軟質感加在一起，展現出與眾不同的吃食經驗。

揚出豆腐可以說是日本豆腐料理的代表菜式之一。雖然豆腐本身的味道清淡到極點，但是一經沾上澱粉油炸的過程，吃起來滿足感特大，會留下很豐富的吃後感。

揚出豆腐的揚字，在日語裡是油炸的意思。至於出字，則是出汁即湯汁的意思。油炸後泡在湯水裡就成爲揚出了。除了豆腐以外，夏天的茄子也很適合做揚出吃。不過，這種料理的要訣還是在於把易破的豆腐小心裹上澱粉並油炸的過程。相比之下，雖然油炸的茄子一定很好吃，但是再好吃也不能有揚出豆腐一般令人驕傲的成就感。出於同一個原因，給豆腐塊裹上的粉，也最好還是用澱粉而不是麵粉。黏性高的澱粉容易使食品互相黏著，或者附著於鍋底。相對而言，麵粉性子爽快很多，不會到處黏黏糊糊，做起揚出也確實比較容易。可是，吃起來呢，澱粉的效果還是明顯好過麵粉的。澱粉接觸到水分，就變成瑩瑩如珠的透明物質，可以說是廚房中的戲法吧。

我年輕時候去居酒屋，幾乎每次都點了揚出豆腐。過了很多年，最近才學會自己做，並贏得了全家大小的肯定，乃最初用麵粉練習幾次，後來才用難度較高的澱粉而成功的。把豆腐這麼常見平淡便宜的材料，經烹飪化爲一道名菜，由我看來是下廚的人才會使的魔法，也是下廚的人才會嘗到的樂趣。

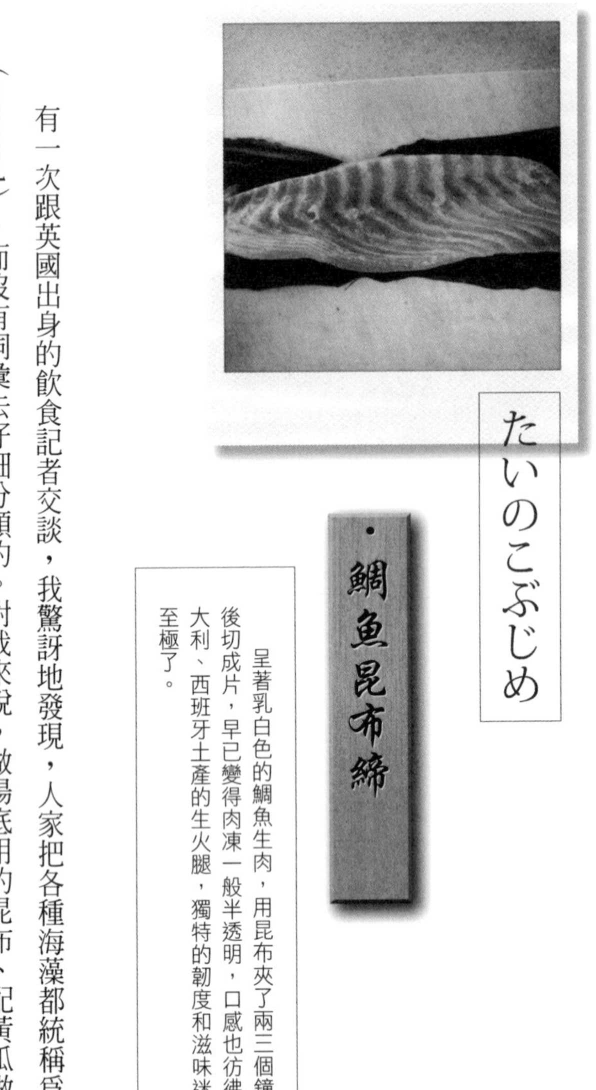

たいのこぶじめ

呈著乳白色的鯛魚生肉，用昆布夾了兩三個鐘頭後切成片，早已變得肉凍一般半透明，口感也彷彿義大利、西班牙土產的生火腿，獨特的韌度和滋味迷人至極了。

有一次跟英國出身的飲食記者交談，我驚訝地發現，人家把各種海藻都統稱爲海草（seaweed），而沒有詞彙去仔細分類的。對我來說，做湯底用的昆布、配黃瓜做成涼菜吃的裙帶菜、用來捲壽司飯的海苔，以及涼粉的材料石花菜等等，都是不同的食品。只用一個名字來統稱全部，好比把菠菜、番茄、蘿蔔都統稱爲蔬菜一樣，不能不說是過於粗率，簡直到不可思議的地步了。

日本人吃海藻的歷史很悠久，好像從史前到今天一直吃過來的。果然用海藻的菜式也非常多。其中，我覺得最妙的，就是鯛魚昆布締，乃把用少量鹽醃過的生魚塊，夾在兩片昆布之間，然後放在冰箱裡，稍微加壓的。這種菜餚，根本沒經加熱，卻歸功於昆布的滲透壓力，魚肉中的水分自然被去掉。再說，昆布含有的好味道就是味精的主材料；鯛魚肉貼近了昆布，除了去掉水分外，還會吸收天然的味精。結果，當初呈著乳白色的鯛魚生肉，用昆布夾了兩三個鐘頭後切成片，早已變得肉凍一般半透明，口感也彷彿義大利、西班牙土產的生火腿，獨特的韌度和滋味迷人至極了。最難得的是，昆布也有殺菌作用，這樣處理過的生魚肉，在冰箱裡放幾天都不變質。而且吃完魚肉後，把昆布切成塊油炸，塗滿了松子、芝麻和白糖，都美味極了。

鯛魚昆布締的做法，我是看詩人牧羊子的散文集《菜餚記》學到的。一九二三年出生於大阪的牧羊子，名門奈良女子高等師範學校物理化學系畢業以後，先當了中學老師，後來又任職於三得力洋酒公司的實驗室，三十一歲時第一本詩集《科西嘉的薔薇》問世了。理科出身的女詩人結婚的對象是小她七歲的小說家開高健，而他不僅是二十世紀日本文壇數一數二的美食家兼酒鬼，又長期是個躁鬱症患者。為了滿足難以伺候的年少丈夫，女詩人天天在廚房裡躲好久，做化學實驗一般地弄出來了日中西各地的美味。

にくだんご

肉團子

我的手全忘記了琵琶的彈奏法，舌頭卻牢牢記得獅子頭的味道，至今成為我每次做它時候的指南針。

跟小孩子相比，大人的優勢很多，其中我最珍惜的是大人能吃自己想吃的東西。我小時候的日本社會還不是很富裕，再加上家境也不是很好，結果想吃卻吃不到的東西可不少，比如說，日本人所說的肉團子，也就是中式糖醋肉丸子。

小時候，東京居家附近的中餐館外邊有玻璃櫥窗，裡面擺著各種蠟製食品模型。放在四角高腳盤子上的肉丸子，應是油炸以後在勾芡的酸甜調料裡煮過片刻的，呈咖啡色而且發亮著。再說，廚師也細心地把做好的肉丸子推擠成金字塔形狀。好豪華。我多麼憧憬吃那盤肉丸子呀！可是，當年母親只肯讓小孩子們吃中餐館賣的主食，如：湯麵、餛飩、炒飯、煎餃、燒賣等。至於大菜，那是屬於不同階級的。好孩子懂得自制，我從不開口向母親說出來對肉丸子的熱情嚮往。

如今成了大人，做起糖醋肉丸子來易如反掌，雖說程序稍微費事，但也不至於麻煩。每次我把做好的糖醋肉丸子津津有味地用筷子挾起來送往嘴裡，老公都說：恭喜妳終於吃到了小時候憧憬的美味！至於孩子們，就當它是家常便飯，根本想像不到他們的母親曾經站在中餐館外邊看著蠟製模型直流口水。

肉丸子的材料主要是豬絞肉。我家每星期跟消費合作社訂購的食品中，必定有塑料包裝的四百克豬絞肉，因爲它會變爲多種菜式：中式糖醋肉丸子、義大利式番茄醬肉丸子、炸醬麵的肉醬、餃子和包子的肉餡兒、漢堡肉餅、俄羅斯式油炸肉餅等等。果然都是中餐和西餐的菜式。傳統日本菜偏向於海鮮和蔬菜，甚少有用肉的菜式。

每年冬天，我也要做一兩次砂鍋獅子頭。肥肥的大白菜片吸收了大肉丸的香味，吃起來既可口又令人暖和。因爲我去過上海的次數不多，吃獅子頭的記憶多在香港和台北。結婚前住在香港的時候，有一段時間上課跟老師學過彈琵琶。地點是九龍半島太子地鐵站附近的一家樂器店。彈琵琶特不容易，我的進步慢得可憐。爲了鼓勵自己，我規定，每週上課前都在地鐵站附近的鮮果汁攤子買一杯甜瓜汁喝，下課後則去附近的上海館子吃一籠小籠包和一鍋獅子頭。後來離開香港回到東京，我的手全忘記了琵琶的彈奏法，舌頭卻牢牢記得獅子頭的味道，至今成爲我每次做它時候的指南針。

ローストビーフ

烘烤和牛肉

不讓肉汁流出來。利用等待時間，把烤牛肉得來的油和麵粉、雞蛋等混和在一起送回烤箱，烤出英國風味約克郡布丁來。

老公過生日，我要弄一頓美餐慶祝了。他愛吃肉，尤其是高品質的牛肉。好，我買來一塊好肉吧。於是騎上單車去老地方大和田鮮肉店，向櫃檯裡的老闆說：要和牛臀肉塊，一千五百克，是烘烤給老公過生日的。

日本人吃肉吃得少，超市裡賣的雞豬牛肉都是一百五十克或者三百克一包的。老闆聽我說一千五百克，眼睛馬上發了亮，然而男子漢非得裝酷不可，刻意壓住破顏一笑的衝動，完全冷靜似的拿出小計算機來，按了幾下鍵後說：大約九千日圓。

這個老闆為人老實得不得了。如果去火車站大樓裡的大型肉店，一定多收五成了。而且酷漢子拿出來的牛肉，乾淨美麗得一看就知道是頂級貨。老闆揮著大刀，把末端呈著山形的部分切下來，去掉多餘的脂肪，放在秤子上說：一千四百九十克，夠嗎？

我把獵物放在單車前邊的籃子裡，高高興興地騎回家。晚上七點開飯的話，五點開始烘烤就來得及了，但是應該先把肉從冰箱拿出來，使內部溫度回到常溫才行的。一般來說，牛臀肉是瘦肉；和牛臀肉卻是例外。日本開發出來的這種牛，肥瘦參半到全身各部位的。我買的牛臀肉塊，看起來像瘦肉，用手拿起來卻軟而油滋滋，就是烘烤牛肉理想的狀態了。

料理高價食材，絕不想失手。我從書架拿下來翻開著名的烹飪學校出版的食譜，裡面寫著：高品質嫩牛肉以高溫快速烘烤即可，如果肉質硬則得以低溫慢慢烘烤才行。因為大和田鮮肉店的牛臀肉很嫩，以攝氏兩百二十度，每五百克烤十四分鐘，也就是乘以三，共烤四十二分鐘就好了。

肉塊回到常溫後，用繩子綁著調整形狀，撒好鹽和胡椒，放在鋪滿了洋蔥片和胡蘿蔔片的鐵板上。在烤箱裡加熱了四十二分鐘，我拿出肉塊來，把溫度計插到正中間去，果然有五十度了。

於是匆匆把烤肉塊用鋁箔紙包起來放置半個鐘頭，爲的是不讓肉汁流出來。利用等待時間，把烤牛肉得來的油和麵粉、雞蛋等混和在一起送回烤箱，烤出英國風味約克郡布丁來。最後往鐵板上，放入麵粉、洋酒、高湯，肉醬就煮成了。

七點整，把烤好的牛臀肉拿到飯桌上去切成一片又一片，配上布丁，倒肉醬以及辣根泥。生日快樂！我敢說，這恐怕是吃和牛最合理、最可口的方式了。吃剩的肉，第二天做成三明治都是神話級的美味呢。

フィッシュアンドチップス

・炸魚薯條

我自己在加拿大和香港兩個原英國殖民地總共待了十年，炸魚薯條也成了我伙食的一部分。每年冬天，東京魚店出售去皮、去骨頭的鱈魚肉。不知別人買回家怎樣吃，反正我是做炸魚薯條吃的。

在王家衛拍的「重慶森林」裡，梁朝偉飾演的警察，經常去香港蘭桂坊一家叫深夜快車的三明治店，點一份炸魚吃。那炸魚，當然是英國的傳統快餐炸魚薯條中的炸魚。香港曾多年是英國殖民地，炸魚薯條就成爲了當地華人伙食的一部分。日本的情形不一樣。一九七〇年代末，有一段時間，肯德基出售過炸魚薯條，然而未成氣候，後來不賣了。其他快餐店也幾乎沒有引進過。所以，如今大多數日本人不知道炸魚薯條爲何物。

我在大學課堂上放「重慶森林」給學生看，他們也不懂那帥哥警察老點的炸魚究竟是什麼東西。

在東京能吃到炸魚薯條的地方，我知道的就有連鎖性英國式酒吧HUB。那裡的菜單上除了烤羊肉串、蒜味青口等以外，還一定有炸魚薯條，而且夥計端盤送來的時候，絕對有一瓶英國製麥芽醋陪伴著。我去倫敦親眼觀察過，英國人吃炸魚薯條，一定灑上麥芽醋的。有趣的是，他們的部分祖先移民去的加拿大，至今都有吃薯條灑上醋的習慣，只是醋的種類從原先的麥芽醋變成了廉價白醋。這種合成白醋，看起來跟白開水沒區別的。

有一次，我去位於加美邊境的尼加拉瀑布。在加拿大一邊的快餐店，看到當地人在薯條上灑著白醋吃。加拿大人和美國人雖然是鄰居，語言也相通，但還是在文化上有所不一樣的。比方說，國民平均體重、打扮口味等都明顯不同。於是幾乎一看就能夠把兩者分別開來。有個穿著花稍便裝身體肥胖的美國人，看著相對瘦身的加拿大人在薯條上面灑著白色液體吃，向我走過來問道：那是什麼東西？是白水嗎？當我回答說：是醋，他搖著頭不以爲然地說：哪裡有吃薯條灑上醋的規矩？薯條應該是沾番茄醬吃的嘛！

總之，我自己在加拿大和香港兩個原英國殖民地總共待了十年，炸魚薯條也成了我伙食的一部分。每年冬天，東京魚店出售去皮、去骨頭的鱈魚肉。不知別人買回家怎樣吃，反正我是做炸魚薯條吃的。英國式炸魚的麵衣，最好是把麵粉和發酵粉用啤酒調的，這樣做炸好的皮會脆口感也會好。吃炸魚薯條，我曾經也灑上醋，但久而久之，最後失去了英國人的老規矩，如今沾塔塔醬吃了。一人一大盤的炸魚薯條，也許不是最健康的食品。不過，兩個孩子都特別喜歡，兩個大人則覺得下啤酒很合適，何況我們倆從前一起去過香港皇后大道東的英國餐廳吃炸魚薯條。「不知那一家還有沒有」，我們總提到，卻始終沒有確認。

歡迎來到東京食堂
日本四季味

素麵

同樣的乾麵，在不同的地方，竟然變身為很不同的料理。我自己，雖然吃清素麵長大，可是嘗過了台灣麵線後，再也不會做清素麵吃。

日本的白麵條，從粗到細，分成烏龍、冷麥、素麵。具體而言，弄成乾麵賣的時候，直徑一點七公釐以上的叫烏龍，一點三公釐以上未滿一點七公釐的則叫冷麥，而不到一點三公釐的才叫素麵。

不過，烏龍、冷麥和素麵，本來是做法不一樣的。前兩者是把擀好的麵用刀切細的；素麵則跟拉麵一樣，在和好的麵團上塗油後，用手指一會兒拉一會兒捻，把越來越細的麵條最後掛下來弄乾而成的。不同的做法導致不同的斷面：烏龍和冷麥的斷面都是四角的，素麵的斷面則是圓形的。

切麵相對容易做，拉麵卻需要一門專業的技術和工夫。因此，在日本，素麵的地位向來高於烏龍和冷麥，從前的人夏天送「御中元」禮物時候，經常選擇了三輪素麵、揖保乃糸等高級品牌的素麵。

素麵源自於宋末從中國大陸佛教和尚傳過來的索麵，後來改寫爲素麵的。在江戶時代的日本，看起來像棉線的素麵，曾是七夕乞巧節不可缺少的供品；至今日本西南部的部分寺廟提供的齋飯裡，一定有素麵。可見它的崇高地位吧。不過，這些我都是長大以後才漸漸理解的。小時候只曉得，烏龍是一年四季都有的，家裡一般做成雞蛋熱湯麵吃；冷麥和素麵則是只有夏天才出來，較粗的叫冷麥，較細的則叫素麵。但吃法總是只有一個花樣：煮好後放在冷水裡，吃時用筷子撈起來蘸鰹魚醬油湯吃。我媽做的冷麥、素麵也沒有其他佐料、麵碼兒（吃麵條時用來拌麵的蔬菜），眞是素得可以了。

後來我聽說，沖繩人愛吃跟罐頭鮪魚、午餐肉一起炒的素麵，感到很新鮮。可是，眞正教我打開眼界的是在台北嘗到的麻油麵線。看起來只是素麵上澆了麻油而已的一盤菜，怎麼可能這麼好吃？朋友告訴我說：那不是瓶子裡來的普通麻油，而是花時間熬了麻油雞的副產品呢。原來如此！果然如此！我又發現，台灣也有蚵仔麵線、大腸麵線等濃厚羹裡藏著細麵的小吃種類，以及台菜館作爲主食提供的絲瓜麵線湯等。跟始終當冷麵吃的東京素麵相比，台灣麵線的花樣可多呀。

我曾長期搞不清楚日本素麵和台灣麵線到底一樣不一樣？這次經過在網路上的調查，才得到了個結論：原來都源於福建麵線。同樣的乾麵，在不同的地方，竟然變身爲很不同的料理。我自己，雖然吃清素麵長大，可是嘗過了台灣麵線後，再也不會做清素麵吃，至少要弄成沖繩式炒素麵了。

・秋刀魚昆布巻

我家今年吃的年飯裡，卻偏偏缺席昆布，所以意外收到了昆布卷，老公孩子都中了彩一般地高興。

さんまのこぶまき

住在小鎮有獨特的幸福。每天上街一定碰上幾個熟人，有附近店家的老闆，孩子們同學的父母親，同一棟公寓的居民等。「很冷啊」「眞是」，寒暄兩句走過去，沒什麼內容，卻起溫暖人心的作用。

偶爾收到遠方親戚寄來的水果等，我就會去想想該分給誰好。首選始終是斜對面小兒科診所的女醫生，畢竟是託她的福兩個小孩都健康成長過來的。其次是他們學鋼琴、小提琴、芭蕾舞等的老師們。至於學校的老師，在別人面前送禮是不大合適的，會引起行賄的嫌疑，於是有機會就送，沒機會則拉倒。接著，在我腦子裡浮現幾個鄰居的面孔。有些人眞客氣，每次出外旅行都帶土特產回來送人的，我得想想對誰還有沒還的人情債。

然後，如果仍有沒分完的水果等，我就隨便放在幾個紙袋上街，碰到了誰就送給誰了。上一次，我就把幾個柿子送給了附近古董店的老闆娘。那是名產地和歌山縣的親戚寄來的富有柿，一個一個都特別大而亮，若在商店裡買的話，價錢就很不俗了。果然古董店老闆娘很高興，幾個月後送給我一樣東西。她說「是產地朋友送來很多的，我家吃不完，請你們也嘗嘗。只是很不好意思，不久就要到賞味期限的，請儘快享用。」

拿回家打開，原來是秋刀魚的昆布卷。昆布（海帶）是日本人最愛吃的海藻之一，由於日語讀音（kobu）跟「喜」字的讀音（yorokobu)相重疊，傳統上被當作吉祥的食物，在元旦吃的年飯裡例行出現。可是，我家今年吃的年飯裡，卻偏偏缺席昆布，所以意外收到了昆布卷，老公孩子都中了彩一般地高興。而且仔細看製作說明，這昆布卷是在二〇一一年的大地震中受了災的宮城縣女川地區之產品，吃它還有支援復興的意義了。

把秋刀魚塊用昆布捲起來，然後用葫蘆乾繫好，在醬油、砂糖等調料裡煮上半天，昆布卷就完成了。做法並不複雜，卻需要用新鮮的魚和高品質的昆布。太平洋邊的漁村做的昆布卷，晚餐時間切成小塊吃，味道濃厚甜而不膩，乃既下飯又下酒的美味。

日本有個傳統童話叫做《稻草富翁》。一個窮人帶根稻草走路，有個母親爲了哄逗哭鬧的孩子，要他把稻草和她的橘子交換；稍後又出現一個人正特別口渴，願意拿自己的布料和橘子交換。就那樣，經過幾次的以物易物，他最後獲得大房子，成爲富翁。我拿親戚寄來的柿子跟秋刀魚的昆布卷交換，雖不至於稻草變成了大房子般的獲利，但是個中確實有同一類的驚喜。這可說也是住在小鎮的樂趣之一吧。

‧三種巧克力

情人節一過，那些臨時設置的冷藏櫥櫃也就夢醒一般地消失，正如灰姑娘的馬車變回南瓜，但願她們花很多錢買的巧克力吃起來還有純正可可的苦甜味。

チョコレート

據說，日本人一年裡吃的巧克力中，大約一半是在二月中旬的情人節前後消費的。正如一年裡賣的康乃馨中，大約一半是在五月的母親節前後賣的一樣。

日本人吃的巧克力，大體能分三種：第一種是明治、森永、樂天等國內幾家大糖果公司賣的普及產品；第二種是從瑞士、比利時等歐洲國家進口的高檔品；第三種則是個人經營的小甜品店專門在冬季裡出售的精緻商品。

每年的二月份，日本全國超級市場的商品架都被第一種廉價巧克力霸占。那是從十歲到二十歲的小女孩們，買回家改造成個人化的小巧作品，情人節那天贈送給同性朋友們的。例如，我家女兒小學五年級的時候，二月初花整整兩天做了上百粒小型巧克力，乃把樂天公司的加納巧克力溶化以後，用五色繽紛的可食顆粒裝飾起來，包裝在可愛的小塑料袋子裡，並用絲帶繫好的。她二月十四日早晨帶好幾十包小巧克力上學去，下午帶好幾十包小巧克力回到家，之後花幾天慢慢享用了跟女同學們交換的可食禮物。情人節的巧克力本來是要送給異性朋友的。然而，在二十一世紀初的日本小女孩圈子裡，同性朋友之間的關係遠遠比對異性朋友的感情重要。於是，若有個別的女同學給心愛的男同學送了巧克力，由大多數人看來有不解風趣之嫌了。

至於第二種的瑞士、比利時產巧克力，是世界公認的高級甜品。歐洲各國曾把非洲大陸瓜分爲各自的殖民地，巧克力的原料可可也從此給他們獨占了。相對新興的國家如日本，若想要做一樣好吃迷人的巧克力，從購買原料起就面對困難。何況眞正新興的國家，在飛機場食品店出售的當地產巧克力，吃起來往往一點可可味都沒有，搞不好倒像肥皂蠟燭呢。知道了這一點，就沒有猶豫躊躇的餘地了。於是我每年情人節送給老公的，都是瑞士Lindt或者比利時CÔTE D'OR的產品。

只是送禮收禮難免有追求驚喜的想法，尤其是年紀還輕的時候。果然每年的二月初

てんざる

天笸籮

天笸籮是天婦羅加上笸籮蕎麥，即蕎麥冷麵。把煮好後用冷水洗淨冷卻的蕎麥麵條，盛在長方形籠屜上的，日本人稱為笸籮蕎麥。

小學放假，天天做不同花樣的午飯餵六年級女兒吃，叫我很頭疼。若是跟老公兩個人吃的話，就輪流地做擔擔麵、四川冷麵、酸辣湯麵、炸醬麵、炒米粉等便行，反正我能做出來的中式便餐種類不比外面中餐館少。可是，小孩子呢，還不能吃辣的。什麼擔擔麵、四川冷麵、酸辣湯麵、炸醬麵，都被她否決掉。可怎麼辦？

今天我建議說：做沖繩式炒素麵行不行？小皇后卻道：我想吃涼的。

其實，炒素麵是乾的，不會熱到哪裡去。她只不過凡事要反對我而已。本來可以好好教訓她不要過分計較任性自私。但是，拿反抗期的女孩子，做父母的正經八百起來，結果絕對不會好玩。要麼她不服氣得大哭起來，或者我氣得不能平靜下來，都一定大大地影響飯菜的味道了。於是做媽媽的臨機應變，裝出開朗的樣子，提出第二個方案來了：那麼，天笸籮呢？這回，女兒高興起來說：好啊！好啊！怪不得，古人說過：女孩心情如秋季天氣。意思是說：隨時會變的，別當眞。

天笸籮是天婦羅加上笸籮蕎麥，即蕎麥冷麵。把煮好後用冷水洗淨冷卻的蕎麥麵條，盛在長方形籠屜上的，日本人稱爲笸籮蕎麥。我家廚房瓦斯爐下面的櫃子裡，總儲著幾種乾麵：烏龍、冷麥、素麵、米粉、河粉、幾種義大利麵，以及蕎麥麵。只要放入開水中煮上幾分鐘就能吃，實在方便，而且可以當遭難時候吃的救災食品。至於天婦羅，也許眾所不知，其實是把冰箱裡的種種蔬菜一口氣用完的最佳方案。

今天，我發現冰箱的蔬菜櫃子裡有小青椒、茄子、嫩薑、胡蘿蔔，都滿合適於做成天婦羅的。我在冷凍庫裡也找到了前些時做烏賊刺身剩下的鰭，都要一併吃了。做天婦羅，材料不需要很多，但花樣絕對不要太少。

我匆匆把每樣材料切小，一個一個地裹上麵衣放入熱油中。十五分鐘後，在每個人的長方形盤子上，有了一個小青椒、兩片茄子、兩片嫩薑、一塊胡蘿蔔絲和兩片烏賊天婦羅了。作爲冷麵的配菜，應該夠豪華，不會輸給外頭麵館。專業人士只是油炸大蝦來擺架子並收不俗的價錢而已。

盛天婦羅的盤子，盛冷麵的籠屜，都是長方形的。唯有裝湯汁的漆器碗才是圓形的。老公說：茄子油炸了眞好吃啊。女兒說：我最喜歡吃胡蘿蔔絲的。我挺想說：妳是喜歡它顏色紅的吧，但沒開口，卻跟她爸爸相視而笑了。

なしのきせつ

梨子的季節

初春的草莓、晚春的橙子、初夏的桃子、仲夏的蜜瓜和西瓜、初秋的葡萄、仲秋的梨子、晚秋的柿子、入冬後的橘子和蘋果，中間也有短暫的櫻桃、枇杷、無花果季節。

長十郎、幸水、豐水、二十世紀、秋月、南水、新高……這些都是日本產梨子的種類。從九月中到十月中，連續上了我家早晨的飯桌上。

俗話說：早上吃的水果是金牌、中午吃的水果是銀牌、晚上吃的水果則是銅牌。不知是源自哪個國家的俗話，反正日本人都早習慣說了。於是每天早晨，吃完了一天第一頓飯以後，我都切個值金牌的水果分給家人吃。至於種類，那得看現在什麼水果應時了。

初春的草莓、晚春的橙子、初夏的桃子、仲夏的蜜瓜和西瓜、初秋的葡萄、仲秋的梨子、晚秋的柿子、入冬後的橘子和蘋果，中間也有短暫的櫻桃、枇杷、無花果季節。我家小孩，沒記住季節名稱之前，先知道了個個水果的名字。剛上小學的時候，幾乎每天都吃著應時的水果問道：媽，這是桃子吧？桃子是什麼季節的水果呢？現在已經是夏天了嗎？

「我們國家是氣候溫和，四季分明的島國。」在日本小學的教科書上，就那麼寫著。如今由於全球性溫室效應，島國氣候也從溫和變得激烈，要麼特熱或者特冷，有時還會下特大的雨，颳特大的風甚至龍捲風了，但是四季分明至今還算眞實。只要去水果店看看擺著什麼貨色，自動會知道：啊，已經新高都上市了，看來吃梨子的季節都差不多完了。水果店老闆回答說：是啊，太太，今年夏天很熱，使得水果糖度特別高，價錢也比往年便宜。

日本的食品自給率只有百分之四十多而已，什麼小麥、玉米、黃豆、菜油、牛肉、鮮魚等等，很多都靠進口的。但是水果呢，除了消費量最多的香蕉主要從菲律賓進口以外，一年四季上桌的水果，包括第二名的橘子、第三名的蘋果、第四名的梨子、第五名的草莓等，很多都以國產的爲主。尤其是梨子，可說是東京人能吃到當地農產品的少數水果之一。

每年到了九月，我家附近的火車站廣場，就出現當地農民擺攤賣梨子的場面。打的牌子是「多摩川梨」，名稱取自東京西南邊，在川崎市之間的邊界河流，因爲梨園很多都位於河灘上。當地小朋友們在小學四年級上東京地理課的時候，都從學校排隊走路去多摩川邊的梨園，摘下一人一粒梨子帶回家，很驕傲地向家人說：這是我自己收穫的呀！那算是他們平生第一次從事的「農活」，第二天早晨吃完飯後剝皮切片嘗嘗，記得我家老大和老二都說了：這粒梨子比一般的好吃很多！

初鰹

はつがつお

如今物流發達，東京人都吃得到日本南部捕上的鰹魚了，於是出現富山產螢烏賊和九州宮崎產初鰹在二月的東京同時上桌的場面。

在日本，春天即將到來是梅花和螢烏賊傳達的消息。路邊梅樹的蓓蕾含苞欲放，街頭瀰漫了香味的時候，鮮魚店就出售日本海邊富山灣特產的迷你烏賊。新鮮的螢烏賊氽了一下沾酸甜醬吃，口感和味道都完全獨特，若用一個形容詞來修飾的話，便是「初春」。

相比之下，初鰹的季節本來應該是再晚一點的。十七世紀的詩人山口素堂創作而至今膾炙人口的著名俳句也道：**看青葉，聽杜鵑聲，吃初鰹**。那是初夏五月的景色吧。據說，當時的江戶人愛鰹魚愛到即使得把老婆典當也一定要吃最早上市的鰹魚。鮪魚占到刺身帝王的地位，是後來的事情。

如今物流發達，東京人都吃得到日本南部捕上的鰹魚了，於是出現富山產螢烏賊和九州宮崎產初鰹在二月的東京同時上桌的場面。鰹魚的肉特別深紅，在眾多魚肉中是最接近牛肉的。聽說，名產地四國高知縣的人把鰹魚的外邊用燒稻草起的火烤了一下後切成厚片吃。那也很像烤牛肉、烤牛排的料理方法。再說，在眾多種刺身當中，偏偏只有鰹魚是沾著蒜頭泥而不是山葵泥（綠芥末）吃的，因爲它的味道比其他魚重，跟刺激突出的生蒜是公認的好拍檔。

不過，我曾在另一個名產地仙台居住的時候，向當地人提到高知縣人吃鰹魚的規矩，他們都搖著頭一口否定道：哪裡有烤鰹魚，沾蒜頭泥吃的？是味盲？還是野蠻？

仙台在日本東北部，那裡捕到鰹魚是初秋的時候。有人說，秋季的鰹魚是從北方海域帶領秋刀魚群南下的。那個時候的鰹魚叫回鰹，因爲在北方寒冷的水裡生存，所以脂肪率增加到初鰹的十倍，吃起來特別肥而甜，跟牛瘦肉一般的高知縣鰹魚是完全不同的滋味，果然吃法都不一樣。

在高知和仙台兩地的中間，位於日本中部以伊勢神宮聞名的伊勢市以及鄰近的志摩半島各漁村，有用鰹魚做的手揑壽司（手こね壽司）挺受歡迎，乃把切成小片的鰹魚刺身放在醬油裡泡一陣，另外在煮好的米飯上加醋、糖、鹽和成壽司飯，最後兩者混和起來，擱點紫蘇葉絲吃的。做法並不複雜，算是傳統快餐之類吧，可是吃起來就很過癮。我去當地嘗過了之後，平時在東京也一看到新鮮鰹魚就做成手揑壽司吃了。只是伊勢醬油本來就比較甜，所以用普通醬油做的話，可以加一點白糖，味道會更佳。

桃花節的蛤蜊湯

はまぐりのおすいもの

桃花節的意義在於祝賀女兒一輩子幸福，而按照傳統價值觀念，女人的幸福取決於嫁得好不好，嫁給天皇再幸福不過了。但如今，人們的價值觀跟過去不一樣。

三月三日是日本的桃花節。二月中，女兒已經把一套古代婚禮服裝的「雛人形」（偶人）從壁櫥裡拿出來，在台階式舞台上，一個一個地擺放好了。最上面的新郎新娘是天皇和皇后、其下面是三個女官、第三層則擺五人樂隊、第四層有左右兩大臣、最下面是三個衛士，乃總共十五個偶人組成的一套。另外也有左近櫻和右近橘的兩棵樹，據說是模仿了公元八世紀末建設的平安京（現京都）之園林。

這一套「雛人形」是我出生時候，姥姥贈送的。三十多年後，我結婚生育子女，老二女兒剛出生後的第一個桃花節，她老爺、姥姥把它送過來，打開破舊的紙皮箱一看，果然裡面的古董偶人還跟當初一樣美麗可愛。於是決定，此後女兒的桃花節也擺放這一套了。之後，我們去伊勢丹百貨公司物色了跟「雛人形」大小配合的迷你道具，如：牛拉的花轎、衣櫃、梳妝檯、餐具等等。這些道具算是皇后從娘家帶來的嫁妝。桃花節的意義在於祝賀女兒一輩子幸福，而按照傳統價值觀念，女人的幸福取決於嫁得好不好，嫁給天皇再幸福不過了。

如今，人們的價值觀念跟過去不一樣，何況嫁給了現任皇太子的雅子妃患上心病好多年，我們也不大談「雛人形」代表著什麼了。儘管如此，年復一年，還是讓女兒擺設一套古裝小偶人，並買來一束桃花，到了三月三日當天，做幾樣吉利食品慶祝一下傳統節日。

桃花節要吃的，首先有把爆大米染成五色的「雛霰子」以及紅綠白三色的年糕片重疊後切成菱形的「菱餅」。這些「雛菓子」是只有桃花節前兩三個星期才出現在商店裡，其他季節則吃不到的。至於晚餐，就是不能沒有蛤蜊（日語叫「濱栗」）湯。據傳說，這種貝的殼兒是只和自己的另一半能和好的，因而代表專一的愛情。主食一般吃「撒壽司」，乃壽司飯上撒散了黃色的雞蛋絲、橙色的蒸蝦、白色的鯛魚片、紅色的三

木芽時

きのめどき

春天木芽時的日本人特別愛吃植物芽。比如說楤木芽，被譽為野菜之王，天婦羅餐廳的牆上貼的特別介紹菜單裡，也占著帝王般的高貴地位。

日本人說的木芽時，跟英國人所說的三月兔子有點像，都指春天精神狀態不穩定。三月是兔子的發情期，稍微發瘋情有可原。至於一到春天就瘋瘋癲癲的人類，醫生也說是氣溫上升導致荷爾蒙分泌的緣故。

春天木芽時的日本人特別愛吃植物芽。比如說楤木芽，被譽爲野菜之王，天婦羅餐廳的牆上貼的特別介紹菜單裡，也占著帝王般的高貴地位。還有竹筍。剛剛從地中挖出來的竹筍，沒變硬之前要趕緊料理，好令人慌忙。一般把竹筍跟米糠一起煮個把鐘頭，爲的是煮掉辣嗓子。然後，把煮熟的竹筍放在乾淨的冷水裡保鮮，否則會特快壞掉。總而言之，竹筍很會急死人。

每年春天，我都要煮一次竹筍。凡是天然野菜，無論是春天的竹筍還是秋天的松茸，日本人都說是京都產的最好。只是價錢很貴，從京都運到東京來也需要半天時間，吃不到最新鮮的了。作爲次善之策，大家尋找居住地產的。幸虧，有一個週六早晨，我去逛專門賣當地產蔬菜的攤子，遇上農家說是「朝掘」，即當天清早剛挖出來的竹筍，馬上買回家了。

日本人吃竹筍，如果是眞正新鮮的貨色，就會切成小片當刺身蘸點醬油吃。但那是到了產地才能嘗到的稀有美味。最常見的吃法是做成竹筍飯，乃把處理好的竹筍片跟白米一起用柴魚昆布湯煮熟的。我料理竹筍，就把靠近根兒的部分用來做竹筍飯。靠近尖端的芽肉，則要用來做木芽拌竹筍。

日語裡的木芽，除了指各種植物的芽子以外，還專門指花椒的新葉。蔬菜攤子賣竹筍的季節裡，花店也一定銷售盆栽的迷你花椒樹。各家主婦帶回家，摘下了小小的新葉後，先在擂缽裡擂成泥狀，接著加點味噌、砂糖、料酒而好好攪拌，最後把切成小塊的竹筍芽肉，用綠色木芽醬拌一拌即可。這道菜的主要材料和醬料，都是植物芽，特別符合木芽時吃。用花椒新葉做的木芽醬，新綠的顏色特別美麗，有點兒刺激性的香氣又跟竹筍稍微苦澀的味道是很好的搭配。另外，相信花椒葉有鎮靜的作用。

對了，漢人春天吃春餅的時候，用來捲的合菜裡，也似乎少不得豆芽菜。看來，春天吃芽子的習俗至少在中日兩國是共同的。

栗子飯與鮭魚子

くりごはんといくら

用今天的話語，栗子飯就是日本傳統的慢餐吧。對此間主婦來說，做不做栗子飯是每年秋天一定得面對的一道難題。

日本有俗語說：天高而馬肥的秋天。意思是說：秋天氣候好，各種作物熟，多吃了美味，馬都要發福。說得也是。一到這個季節，全國各地的蔬菜店、鮮魚店門市裡，陸續出現不可錯過的山珍海味。

此間最高級的食品松茸，就是這個時候上市，每年都以超高的價格嚇唬日本老百姓的。蔬菜店賣商品的價錢，百分之九十以上都是日圓三位數的；例如，一根大蘿蔔一五〇圓、四粒大梨子七九〇圓等。偏偏松茸這種菌類，卻以五位數出現，令人目瞪口呆，用今天的話語，栗子飯就是日本傳統的慢餐吧。對此間主婦來說，做不做栗子飯是每年秋天一定得面對的一道難題。當然，外邊餐廳也供應栗子飯，超市裡則有賣已去殼剝皮的冷凍栗子。然而，那些都是國外加工進口的，幾乎聞不到新鮮栗子才有的香味。若在家裡吃一年一次的栗子飯，還是希望那是親手做了全部工程的，何況是給小朋友吃的。

跟栗子飯相比，用接著上市的牡蠣煮成的蠔飯則省事得多了。畢竟鮮魚店賣的牡蠣是早就去過殼的。只是，牡蠣和鮭魚以及鮭魚子，一般來講幾乎同時上市，逼迫消費者非當場決定先吃哪個後吃哪個。因爲牡蠣的季節比鮭魚親子長，所以我都一般先買鮭魚和鮭魚子，才買牡蠣做蠔飯或者油炸牡蠣的。

日本人所說的鮭魚，就是中國東北人說的大馬哈魚，香港人所說的三文魚，乃在河裡出生，到大海長大，回到故鄉河流下蛋並喪命的，英文爲salmon或trout。日本國產的鮭魚，傳統上是北海道的河流裡捕上的淡水魚，用鹽醃製後，切成片烤熟吃的。日本人吃生魚片則一定用海魚肉，因爲淡水魚會有寄生蟲。然而，上世紀末開始普及的另一種鮭魚是在海裡捕到或養殖的海魚，做生魚片吃都沒有問題的。如今席捲全球的三文魚刺身和三文魚壽司，其實是還沒有在日本普及之前，已在歐美和港台開始流行的。當日本人也開始生吃這類鮭魚時，爲了跟淡水產的區別清楚，直接用英語稱之爲salmon，使得

日本市場上同時流通著國產淡水鮭魚（さけ）和進口海產salmon（サーモン）兩種商品和名稱。

秋天上市的北海道產品是傳統的淡水鮭魚，俗稱秋鮭，肉質較瘦，合適於用油料理。我家四口子之最愛是抹上麵粉後用蒜頭黃油煎的鮭魚，也就是英國式salmon steak，既簡單又好吃，而且呈現高級的姿態，乃工作忙碌日呼之就來的白馬王子菜式之一。

改天再去鮮魚店，門市裡看到了還在卵巢裡凝聚著的新鮮鮭魚子，就得認眞考慮：要不要帶回家做泡製鮭魚子？因爲跟剝栗子一樣，拆散鮭魚子也是好費時間的作業。以前日本人吃的鮭魚子都是早就醃製好的。當海魚salmon開始流通以後，市場上才出現了未經加工的生魚子，該都是海產鮭魚的。鮭魚的卵巢比大人手掌還大，先小心去掉外膜，再拆散裝滿裡面的紅色珍珠般魚子，然後洗淨，最後泡在醬料裡，等幾個鐘頭後邊喝清酒邊嘗，或者放在白米飯上大口大口吃。只是，做泡製鮭魚子的整個工程需要的勞力和時間正跟做栗子飯差不多。幸虧在我家，過去幾年逐漸形成了一個默契：我做栗子飯，老公則泡製鮭魚子。這樣子，秋天大家至少有一種菜餚不必自己動手也能吃到自家製季節之味。有趣的是，日本人把整個卵巢都醃製的叫做筋子，把拆散成一粒一粒的魚

・牡蠣、鮟肝、白子

天氣變冷後，每次去鮮魚店，就有找牡蠣、鮟肝、魚白的樂趣了。

かき、あんきも、しらこ

剛吃了今年第一次的牡蠣，是廣島產的。因爲還比較小，所以抹上麵包粉油炸後，配塔塔醬和檸檬汁吃了。牡蠣的味道不像其他任何東西，果然吃它帶來的口福也完全獨特。我家閨女吃著牡蠣卻聯想到別的食品來說：牡蠣上市了，鮟肝、魚白也該快了吧。這個女孩小小年紀就對下酒菜情有獨鍾，別人猜出來她父母是何種人就怪不好意思了。

鮟鱇魚是深海魚的一種，平時在海底下生活，聽說用雙手般的鰭子趴著移動的。魚肉既軟又黏，無法安頓在案板上剖開，只好從上面用鈎子掛下，從嘴巴往胃裡灌滿水，哪裡突出來了就切除哪裡的魚肉。這種刀法用日語叫做「吊切」，專門用來處理鮟鱇魚的。日本人冬天吃這種魚，最普遍的菜式是油炸魚塊和火鍋。油炸起來，鮟鱇魚的口感像河豚；弄成火鍋則不無像甲魚。我家人倒最喜歡吃鮟鱇魚肝，也就是我家閨女所說的鮟肝。

我平生第一次吃鮟肝是二十多歲住在加拿大的時候。有一天帶當地朋友去了多倫多教堂街名爲博壽司的日本餐館。等我們在吧檯邊坐下來，大廚就把盛在小盤上的前菜放在每人前邊了。小盤上有橙色豆腐般的小塊，我一時搞不清楚究竟是什麼；但是在外國朋友面前，對於家鄉菜，又不能不裝成專家。於是用筷子挾了個小塊放進嘴裡去，第一印象猶如在「非誠勿擾」裡，葛優演的秦奮在北海道的居酒屋，在老友的推薦下吃海膽三文魚子蓋飯時候的反應。也就是「腥！刺激！」大廚臉上浮現勝利的表情說：「不錯吧。是鮟肝。」

後來得知，這種菜餚是先把魚肝用清酒和鹽醃了兩個小時，再用鋁箔紙包起來弄成稍粗的香腸形狀，跟著在蒸籠裡蒸上二十分鐘，之後放進冰箱冷卻的。吃時把魚肝切成約五公釐的小片或小塊，上面倒點橙醋醬油和辣椒粉以及蔥末。這樣做的鮟肝，味道口感都能跟法國名菜鵝肝醬相比。也可以放在壽司飯上面，用海苔捲起來，弄成所謂「軍艦卷」吃。

日本壽司的一種「軍艦卷」，最常見的是用三文魚子的。另外，鮟肝和鱈魚白的「軍艦卷」也是頗受歡迎的冬天風味。日本人把魚白稱爲「白子」，最高級的是河豚的，其次則是鱈魚的，都有幾種吃法，如：燒烤、油炸、火鍋，或汆一下沾橙醋醬油吃。做「軍艦卷」也是把切成小塊的魚白燙一下，放進冰水裡冷卻，然後擱在壽司飯上的。吃「軍艦卷」時，可以用酸薑片把一點醬油塗在上面。這樣做就不會使上面的海鮮丟進醬油小碟裡了。

天氣變冷後，每次去鮮魚店，就有找牡蠣、鮟肝、魚白的樂趣了。其中，鮟肝是以中國產的爲主。如今越來越多吃海鮮的中國人，難道還沒發現這種珍味嗎？

湯豆腐

ゆどうふ

日本的雜貨店歷來有賣專門用來撈豆腐塊的小漏勺，是把子和平底漏勺呈九十度的。把這種漏勺輕輕地放到熱水裡去，靜靜地把嫩豆腐撈出來。

我小時候，一到冬天爸爸就幾乎每天晚上都吃湯豆腐。日文的湯字跟中文的湯字語義不一樣，是白熱水的意思，既沒有味道，又不一定沸騰過。所謂湯豆腐則指一種火鍋。飯桌上臨時設置卡式瓦斯爐，上面放個裝滿了白水的不鏽鋼鍋子，正中間擱下大茶杯，裡面有醬油、醋和一片昆布、一把柴魚以及蔥末。母親把切成大塊的豆腐投進水裡去，然後點火，等到熱起來的豆腐稍微開始顫動，就撈出來擱點醬料吃。

日本的雜貨店歷來有賣專門用來撈豆腐塊的小漏勺，是把子和平底漏勺呈九十度的。把這種漏勺輕輕地放到熱水裡去，靜靜地把嫩豆腐撈出來，成功地送到小碗裡去，就好比潛水艇乘務員完成了困難的任務一樣，心中會充滿勝利感。至於湯豆腐的味道，那就見仁見智了。如果用的豆腐和昆布是高級的，估計能嘗出禪味來吧。京都就有幾家高級餐廳，都以特製湯豆腐聞名。然而，當時母親買來的食材都是一般的。爸爸從未稱讚過湯豆腐的味道，但也不曾特別埋怨過，一晚復一晚默默地撈豆腐吃。他理解家裡孩子多，收入卻有限，母親能擺出來的菜餚花樣自然不會很多。

一九六〇、七〇年代的日本家庭，很多是孩子們先吃晚飯，父親則晚點下班回來，一個人看著報紙、電視新聞，喝點啤酒吃點菜的。母親呢，有時跟孩子們先吃飯，有時則等父親回來陪他。對爸爸天天吃的湯豆腐，孩子們並不被吸引，除非母親破例買來鱈魚塊，跟白菜片、大蔥段等一起投入進去，使湯豆腐變成鱈魚鍋。

偶爾爸爸早點回家的話，就在飯桌邊坐下來，吃著花生米等孩子們吃完晚飯。他一年四季都一晚一瓶麒麟牌冰啤酒。日語裡，麒麟和長頸鹿的名稱是一樣，都叫kirin。我小時候看啤酒瓶上的商標，覺得很奇怪：名字明明叫kirin（長頸鹿），卻畫著怪獸的圖樣，究竟是怎麼回事？

後來得知那原來是中國傳說中的神獸，才懂其所以然。爸爸喝著麒麟牌啤酒吃的下酒菜，夏季裡天天都是清煮毛豆，冬季裡則是花生米，及跟著登場的湯豆腐。

可是，爸爸七十四歲的冬天，不僅他平常偏愛的千葉縣產落花生，而且湯豆腐都吃不下了，乃胰腺癌作的怪。我試試做了中式水餃給他吃，但也不行。他早一年動過手術，一時康復到能去夏威夷坐周遊觀光船了，但是最終控制不住癌細胞的擴散。至今已有四個冬天，娘家飯桌上沒有出現卡式瓦斯爐。獨居的母親也不會自個兒做湯豆腐吃了。

クリスマスケーキ

・日式聖誕蛋糕

精明的商人發明了許多符合日本人口味的聖誕商品。例如：裝滿了大紅色靴子的糖果、小孩都可以喝的無酒精香檳。

日本人集體過起聖誕節來，應該是第二次世界大戰以後的事情。我小時候的一九六〇年代，那位穿著紅底白邊衣裳，留著白色長鬍鬚，駕駛馴鹿拉的雪橇給孩子們送來禮物的外國老人，在日本已經是人人皆知的季節性明星了。

也就是說，日本人並不信仰上帝或基督，卻偏偏信仰起聖誕老人來。如果說，眞正信仰的對象是發源於美國的兒童式消費文化，都未必錯。總之，做父母的普遍鼓勵小朋友寫信給聖誕老人，表明今年想要什麼玩具，例如：會喊媽媽的洋娃娃、能讓迷你車比賽的高速公路模型等。

直到今天，每年十二月，多數日本家庭都擺出塑料聖誕樹來，讓彩色小燈閃閃。只要孩子的年齡是一位數，就把那封信塞在紅色襪子裡，掛在塑料樹枝上。很神祕，十二月二十五日早上小朋友起來，襪子裡的信件不見了，而信上寫的玩具果然送到聖誕樹下。孩子們高高興興地玩了整日，天黑了就要吃聖誕晚餐了。

日本式聖誕晚餐始終以蛋糕爲主。當然那是種甜品，還是先要吃飯吃菜的。只是，跟眞正信仰天主教、基督教的國家不同，日本多數人過聖誕節是模仿外國習俗的一種遊戲，和去迪士尼樂園玩樂屬於同一性質，並沒有過節一定得吃的傳統菜式等。於是不少主婦從超市買來幾隻烤雞腿，把晚飯問題搪塞過去，而花更多心思去選擇這一年的聖誕節要吃哪一家蛋糕店的商品。

日式的聖誕蛋糕，其實跟生日蛋糕沒多大區別，就是直徑約二十公分的圓形蛋糕上塗鮮奶油而成的。區別只在於：生日蛋糕上面用巧克力寫著Happy Birthday聖誕蛋糕上則寫著Merry Christmas大夥兒都以爲那是西方人的老規矩。所以，當我二十五歲第一次去北美洲，在當地人家裡過聖誕節，發現餐桌上居然沒有我從小每年吃的聖誕蛋糕之際，不能不產生被狐狸迷住了一般的感覺。

後來我得知，歐洲各國有不同類型的聖誕蛋糕。然而，主要是用許多糖、蜜餞、蘭姆酒、堅果等材料，使之能夠保存很長時間的。根本沒有像日本人那樣把軟綿綿如豆腐的奶油蛋糕特地在聖誕節當天從西點店買來吃的習俗。原來，精明的商人發明了許多符合日本人口味的聖誕商品。例如：裝滿了大紅色靴子的糖果、小孩都可以喝的無酒精香檳。還有，每年十二月下旬，日本全國的肯德基爺爺都打扮成聖誕老人的樣子推銷的聖誕節特製炸雞塊。

骨與肉

ほねとにく

住在日本，能吃到的海鮮種類非常多，應該是全世界數一數二的。然而，住在日本，能吃到的獸肉種類則少得可憐。

聖誕節家裡烤了全雞吃。第二天就把剩下的雞肉剔下來做三明治，也把骨頭放進大鍋裡加水加蔥薑熬上一個鐘頭，熬出來了香噴噴的原汁雞湯。於是中午做了西式洋蔥蘑菇湯，晚上喝了韓式裙帶菜湯，翌日早晨又煮雞粥吃，中午則弄成了咖哩烏龍。雞骨的實力眞叫人另眼相看。可惜，在我家，用全雞骨熬湯的機會一年只有一次而已，因爲其他時候買來吃的雞肉，都是沒帶骨頭的。

住在日本，能吃到的海鮮種類非常多，應該是全世界數一數二的。然而，住在日本，能吃到的獸肉種類則少得可憐。最普遍的是豬肉和雞肉，然後是牛肉但嫌價錢不俗，算是奢侈食品。日本吃羊肉的人屬少數，主要由於國內幾乎沒飼養羊，只好買從紐西蘭進口的冷藏羊肉。連北海道出名的成吉思汗鍋，也是用紐西蘭羊肉做的。另外，日本很多人吃不慣有腥味的肉。不覺得海鮮腥的日本人，卻覺得羊肉膻，除了海洋民族的遺傳基因所決定以外，不知道怎樣料理才好吃也肯定是因素之一吧。

日本鮮肉店賣的豬肉，有五花肉塊、裡脊肉塊、豬肉排，然後是肉片、小肉塊和絞肉。連排骨肉都很少看見。我在日本從來沒看過賣帶皮豬肉，也甚少看到過豬骨頭。至於雞肉，商店裡則有雞腿、雞胸、雞翅、雞肉塊、雞肉丁、雞絞肉，以及雞肝和雞胗。所謂「笹身肉」是在日本很受歡迎的部位，乃雞胸脯肉中，形狀似竹葉的一塊。換句話說，日本雞肉店賣的是已經解剖過的雞零件。但是，很少有賣全雞，更沒有半雞。

曾在加拿大聽過英國朋友說：用正宗英語，雞胸該叫雞白肉，雞腿該叫雞暗肉。的確，在晚餐派對上吃烤雞的時候，很多女性都說：「請給我白肉／暗肉」的。那是因爲維多利亞女皇當權的時代，英國社會特別講禮貌，舉止得高尚、說話要文雅，淑女若遇到了下流猥褻的場面則馬上要暈倒的。於是爲了迴避說出胸或者腿等可疑詞語，改說雞白肉、雞暗肉了，其影響遠遠流傳到了今天。

這次烤全雞的第二天，我在廚房裡剔下剩肉，想起了英語白肉、暗肉的說法，因爲雞胸肉確實發白，雞腿肉則確實是暗色。面對著全雞，方能在胸肉和腿肉之間做比較，並以此聯想到加拿大的派對和維多利亞時代的英國。日本多數人沒機會面對全雞，恐怕聽白肉、暗肉也不明白其所以然，也許對人生大局勢沒什麼影響吧，我本人卻覺得人生的很多樂趣就在於這樣的細節上。

歡迎來到東京食堂
魚卵的世界

阿嬤的祕密

在姥姥家吃了什麼，我從不跟母親說。同時我也牢牢記住了：魚卵就是祕密的奢侈食品。

おばあちゃんのひみつ

我姥姥是一九一一年出生的，如果還在世的話，已有一百多歲了。她在東京東鄰的千葉縣山區出生長大，十五歲就跑到首都來當了公共汽車售票員。據說，在當時而言，那是相當於二十世紀後半的空姐一級的頂級時髦職業。不過，我懂事的時候，姥姥已經是十足的老太太了，天天穿著暗色的和服，料理家務。

在我的印象中，她第一次穿上西服是七十四歲去世的前幾年，跟幾個好朋友一起參加旅遊團去香港的時候。姥姥說：在旅行社主辦的說明會上，導遊給她們講，穿著西服去活動會方便些。於是姥姥穿上了西式襯衫和褲子的樣子，有點怪裡怪氣。後來，母親告訴我：姥姥年輕時候曾是趕時髦的摩登女性，有一次還穿上一身純白色西式套裝，戴著白色大帽子回老家，嚇壞過鄉下親友的。

曾做過摩登小姐的姥姥，後來結婚、離婚，一手帶大了兩個女兒。從戰時到戰後，日本老百姓過的日子也相當苦。一九三五年出生的我母親，講起小時候的回憶來，全是挨餓、挨打的悲慘童年故事，好在到了中年以後，能過起小康日子了。姥姥一代人的回憶則有所不一樣：她十五歲來東京，正逢兩個世界大戰之間的和平時期，享受了幾年的浪漫青春日子，雖然後來一個人帶孩子的年代很不容易，可是兩個女兒前後獨立以後，又能享受人生了。她每個星期一次跟鄰居朋友們一起學彈日本三弦、歌唱民謠，也每年幾次報名巴士旅遊團去日本各地的名勝古蹟。

儘管都是生活在二十世紀日本的女性，但是兩代人的生活經驗不一樣，導致了她們之間很不相同的價值觀念。母親出身於貧困的日本，後來有了錢也不肯放棄節制的生活態度，一輩子都吃喝得簡簡單單。相比之下，姥姥懂得享受人生。

記得我小時候，有幾次一個人去姥姥家待幾天。每一次到晚餐時刻，她都做了我從沒吃過的美味。比如說，紅燒鰈魚，而且是有卵的。在我家最常上桌的鮮魚是沙丁魚，其次是鯖魚和鰺魚，都是在東京最便宜的魚種。鰈魚尤其是有子的鰈魚，是高級食品，連小孩子都知道。於是姥姥邊請我吃，邊耐心囑咐我說：回家別跟妳母親說啊。另外一次，姥姥則做了看起來非常漂亮的粉紅色菜餚。原來，那是鱈魚子炒蒟蒻粉條，很像如今席捲全日本的鱈魚子義大利麵條。分散成一粒一粒的魚子布滿粉條上，口感很特別，有點像粵菜蝦子柚皮，吃起來則特別香。在姥姥家吃了什麼，我從不跟母親說。同時我也牢牢記住了：魚卵就是祕密的奢侈食品。

ぎょらんのせかい

魚卵的世界

吃山珍海味，還是最好準備好酒，吃一口喝一口慢慢品嘗。哪裡有大口大口吃下的規矩呢？

在日本，鹽醃後壓扁、曬乾而成的烏魚子是九州長崎縣的土特產。在台灣，烏魚子更是人人愛吃的冬季美味。沒想到，同樣食品在歐洲也有兩千多年的歷史。

希臘人和土耳其人，都吃鹽醃魚卵和麵包或馬鈴薯混和的沙拉（Taramosalata）。巴黎的北非餐館也提供類似的菜餚。至於魚卵的種類，有烏魚的、鱈魚的、鯉魚的。東歐的保加利亞和羅馬尼亞也有差不多的菜式，用的魚卵是鯉魚的或者鯡魚的。義大利、西班牙、法國南部人，則把烏魚或者鮪魚的卵巢加工捏碎後，撒在義大利麵條上吃。這麼看來，說不定吃烏魚子的習俗最初是歐洲人傳播到東亞來的。

另一種魚卵加工品，過去二、三十年在日本迅速普及。那是明太子，即把明太魚的卵巢鹽醃後泡在辣醬而成的食品。我小時候，東京有鹹味鱈魚子，卻沒有辣味明太子。一九七〇年代，我聽過九州福岡縣出身的樂團TULIP主唱財津和夫在電視上說：他家鄉有辣味魚子，吃起來挺過癮的，但是東京沒有得賣，令人特別想念。有一段時間，從東京去福岡旅行、出差的人，經常把辣味明太子買回來送人。

然後，東京的百貨公司、超級市場都逐漸開始經售辣味明太子。因爲福岡靠近朝鮮半島，而韓國菜常使用辣椒，在一般日本人的印象裡，明太子是從韓國傳播到日本來的食品。不過，在日本市場，福岡廠家的商品銷售量最多。

日本人吃辣味明太子的方式，除了下飯以外，用來拌義大利麵條也頗受歡迎。那是把明太子擠出來用奶油、檸檬汁、鹽、胡椒調味後，跟煮熟的麵條拌好，上面擱點紫菜絲的。也有人把魚子用純橄欖油調開就弄成醬。這種做法，其實跟南歐人吃烏魚子的食譜不謀而合。可見，文化是影響來、影響去的旋轉木馬。

凡是魚卵價錢一般都不便宜。如今東京食品店賣歐洲產的烏魚子，比長崎產的便宜一點，但也算是最高價的食品之一。一九九〇年代初，我去葡萄牙訪問過住里斯本的日本夫妻。他們是提前退休後以葡國爲基地，常去歐洲各地旅行的。當時剛從俄羅斯回來，廚房裡有好幾個魚子醬瓶子堆著。先生爲了招待我，打開一個瓶子並指示說：全部倒在白米飯上盡情吃吧。既然人家破費請客，我只好奉命，彬彬有禮地吃下了一碗魚子醬蓋飯。然而，老實說，那樣吃魚子醬是浪費的。吃山珍海味，還是最好準備好酒，吃一口喝一口慢慢品嘗。哪裡有大口大口吃下的規矩呢？

「唐墨」這種食品，在我小時候的東京是沒有的。可是，佐田雅志寫的一首歌〈早報〉裡，就有一段唱道：上次老爸來東京，特地帶來我至愛的「唐墨」，給我太太亂料理不能吃了，口頭上說著對不起，她還是捧腹大笑呢。

からすみ1

我在一九六〇年代的東京長大，當時日本還很少有人去海外旅行。對東京小孩來說，最接近外國的地方是橫濱唐人街。那裡有很多華僑開的餐館，夥計講中國口音的日語；街邊的商店賣布做的大熊貓、後面有假辮子的圓形帽子等。

一九七〇年代初，我剛上初中的一天，電視播放的流行音樂節目裡，看到了不久前出道的男性組合Grape，乃一個人彈吉他，另一個人拉小提琴的。當年走紅的多數組合都是以吉他、貝斯和鼓三種樂器組成的半民謠、半搖滾樂團。相比之下，帶著銀框眼鏡的主唱，在前奏和間奏時拉起小提琴來的Grape，給人印象很秀氣，散發著文化和學問的香氣。那主唱就是長崎出身的佐田雅志。從三歲就學拉小提琴，曾經立志做專業演奏者，然而應考古典音樂學校名落孫山，後來倒是作爲創作歌手成功的。他寫的歌很受歡迎，因爲旋律美麗，歌詞則像短篇小說。另外，他不少歌曲反映出來的長崎風俗，由其他地方的日本人看來充滿著異國情調。

位於日本西南部的長崎，從十七世紀到十九世紀，德川幕府施行鎖國即海禁政策的年代，曾是全國極少數對外開放港口之一，有荷蘭籍和中國籍商人居住。鄭成功的父親就是來長崎做買賣，娶了當地武士的女兒。經過幾百年跟異鄉商人的來往，長崎人的生活在許多方面受了外國的影響。比方說飲食。長崎著名的「桌袱料理」是日本菜、荷蘭菜、中國菜混和而成的宴會菜式。據說，跟著湯水上桌的冷盤中，一定有特產海味叫「唐墨」。

「唐墨」這種食品，在我小時候的東京是沒有的。可是，佐田雅志寫的一首歌〈早報〉裡，就有一段唱道：**上次老爸來東京，特地帶來我至愛的「唐墨」，給我太太亂料理不能吃了，口頭上說著對不起，她還是捧腹大笑呢**。每次聽到這首歌，我都好想知道「唐墨」究竟是什麼東西。但是問問周圍人，大家都搖頭表示沒吃過。

幾年後，我看著邱永漢的《食在廣州》，看到有關「唐墨」的記述。他寫：在台灣台南長大的孩提時代，美食家父親把冬天才有的海珍「唐墨（烏魚子）」大量購買，託鮮魚市場在冰箱裡通年保管，以便一年四季都能拿出來炭烤吃。原來，「唐墨」是加工過的魚卵，因爲形狀像從中國進口的墨，所以長崎人稱之爲「唐墨」的。

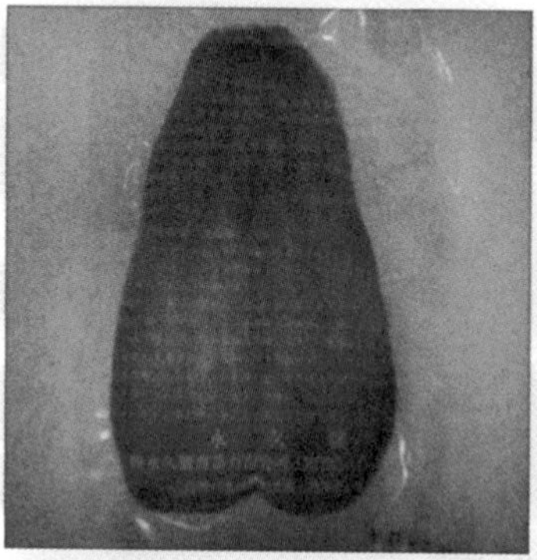

からすみ2

‧烏魚子

那一次在台灣，朋友帶我去了中部古鎮鹿港。當地盛產烏魚子，路邊很多攤子上擺著出售。因為到處都有賣，我還誤會了：回台北後再買就行了吧。結果呢，大錯特錯。

日本人愛吃魚卵。最普遍的是鹽醃的鱈魚子，普遍到東京任何一家便利商店商品架子上都有鱈魚子飯糰。其次是泡過醬油的鮭魚子，也普遍到任何一家壽司店的迴轉傳送帶上都一定有鮭魚子海苔卷。每逢過年吃的鯡魚子，曾一時價格無限上漲，被稱爲「黃色金剛石」。俄羅斯特產魚子醬是世界三大美味之一，但是價錢貴得老百姓吃不起。最多聽說人家吃到了魚子醬的場合，無非是飛機的頭等艙；坐飛機辦升等手續，幸運升到頭等艙，空姐就送來了香檳酒和魚子醬等等。

我自己曾在一九九〇年代初，旅遊去了天鵝絨革命後不久的捷克首都布拉格。晚上去當地歌劇院觀賞演出，幕間休息時，在大廳吧檯出售香檳酒和魚子醬的開口三明治。當年東歐物價很便宜。我那晚平生第一次嘗到的魚子醬三明治，價錢跟在東京吃一頓麥當勞套餐差不多，可說是冷戰剛結束的日子裡，曇花一現般出現的難得機會吧。

跟俄羅斯魚子醬的神話級大名相比，長崎產「唐墨」簡直可謂無名。除非當地有熟人每年作爲年終禮品寄來一盒以外，一般的東京人即使在高級食品店看到了也不會掏腰包買。也不奇怪，價錢實在不俗：一包五千到一萬日圓。

我從小聽佐田雅志的歌〈早報〉，也看邱永漢的書《食在廣州》，一直憧憬的「唐墨」即烏魚子，終於有機會嘗嘗是一九九六年春天，去台灣採訪第一次總統直選的時候。有一天，工作完畢，當地同行帶我去了台北一條小街上的飯館。光看那飯館的樣子，像是大一點的攤子似的，老闆在半露天的廚房炒菜，毫不讓人期待。

然而，很快就上桌的下酒菜，果然是我嚮往了多年的「唐墨」，把烤好切片的鹽醃魚卵，配蒜片、蘿蔔片嘗味的。我吃了一口，就什麼都不能說了，只好點頭領會：名不虛傳。台灣同行後來告訴我，那家飯館其實名氣很大的。說得也是，除了烏魚子以外，看樣子極其普通的痲油麵線都特別好吃。

那一次在台灣，另一個朋友帶我去了中部古鎮鹿港。當地盛產烏魚子，路邊很多攤子上擺著出售。因爲到處都有賣，我還誤會了：回台北後再買就行了吧。結果呢，大錯特錯。烏魚子的品質和價錢，在中南部產地和台北，相差很大的。在旅途上遇到過，卻沒有買而後悔多年的特產，對我而言，首先有布拉格的波西米亞玻璃製品，其次就是台灣鹿港的烏魚子。

はたつのからすみや

旗津烏魚子屋

那趟旅行的最後一站是台北。晚上我們在東區新光三越百貨公司上邊的台菜餐館吃飯。菜單上有烏魚子。可是，價錢比在旗津買的貴好幾倍，使得我們心中充滿了勝利的幸福感。

一九九六年春天，在台北小街上吃到的烏魚子實在可口，讓我後來想念了十多年。去台灣的機會不少，可是被當地朋友請吃飯，餐桌上也不再出現那「橙色金剛石」。有人從台灣過來，帶來的禮物也一般是茶葉或鳳梨酥。雖然都好喝好吃，可我這邊難免有點失落感。

然後，二〇〇八年，有個台灣學者來日本客座一段時間，跟我說：春節時期探親一趟再回來，需要買什麼台灣特產嗎？忽然間，我想到了：託她買一包回來，不就能嘗嘗想念這麼久的烏魚子嗎？聽到我的要求，人家很驚訝似的說道：沒想到日本人也愛吃烏魚子。

就那樣，我成功地開通了從台灣進口烏魚子的路徑。每逢有人往來台灣和東京之間，我都會問：能不能幫我買一包烏魚子？

有一個研究生從台灣來日本念博士課程。他幫我帶回來在家鄉高雄買的一包和在台北買的一包，並稍微得意地說：老師，您嘗嘗哪個好吃吧。果然，他在高雄買的一包味道更濃更鮮。於是我發覺：最好吃的烏魚子，是到了台灣中南部的產地才能買到的。

二〇〇九年底，我受台灣電影「海角七號」的影響，要帶老公和兩個小孩四口子去南台灣過元旦。路上一定要去做烏魚子的地方。具體在哪裡？我上網發現了香港出版一本叫《下一站，南台灣》的旅遊指南。於是訂購翻看而得知：從高雄市坐船過去的旗津就有個廠家。

不知是遺傳還是成長環境所致，我家孩子們都對美味情有獨鍾。一聽到要去烏魚子廠他們就興奮不已。旗津是細長的島嶼，屬於高雄郊區，但是公共交通不大方便。到烏魚子廠去，要麼從碼頭坐計程車，或者租自行車，騎半個鐘頭過去。十二月的高雄氣候溫暖，再說那天天氣也很不錯。我們騎自行車往旗津中部的明麗烏魚子廠出發，半個鐘頭後，果然看見了在外頭曬著上千隻烏魚子的氣派場面！我們現選現買，並且託廠家小姐幫我們烤一隻切成片，然後到海邊沙灘上，看著台灣海峽吃當地產烏魚子的幸福經驗，一輩子都不會忘記的。

那趟旅行的最後一站是台北。晚上在東區新光三越百貨公司上邊的台菜餐館吃飯。菜單上有烏魚子。可是，價錢比在旗津買的貴好幾倍，使得我們心中充滿了勝利的幸福感。這幾年，我家冰箱冷凍庫從來沒斷過烏魚子的供應，偶爾拿出來烤一烤吃，都想起去旗津的一次。旅遊和美食是分不開的。還有閱讀。就是從十幾歲開始重複看了好多次《食在廣州》的經驗，叫我三十年後身體力行去享受書裡描寫的口福。

歡迎來到東京食堂
便當學

在現實生活裡，日本人卻歷來不介意吃冷飯。否則不會產生帶便當上班、上學的習慣了。不僅如此，到了夏天氣溫日趨提高，為了防止盒子裡的飯菜壞掉，非得採取保冷措施不可。

ひやしべんとう

日語中有「食冷飯」的說法，翻成中文便是「坐冷板凳」的意思了。近代以前的日本社會，曾施行長子單獨繼承制，次男以下根本沒地位可說，連住的房子都離正房很遠，因而吃不到剛做好熱騰騰的飯菜，總得嘗「食冷飯」的滋味。話是這麼說，在現實生活裡，日本人卻歷來不介意吃冷飯。否則不會產生帶便當上班、上學的習慣了。不僅如此，到了夏天氣溫日趨提高，爲了防止盒子裡的飯菜壞掉，非得採取保冷措施不可。

夏季裡，我都把給兒子做好的便當，放在裡面貼著銀色保冷布的袋子中，然後再把幾個保冷劑從冷凍庫拿出來，塞進便當盒的上下兩邊。這麼做，袋子裡的溫度，中午以前都能保持在攝氏二十度以下。當兒子打開便當盒的時候，裡面的飯菜好比剛從冰箱拿出來一樣，冷是冷，卻絕沒有腐爛。

七月初，梅雨期結束，最高氣溫超過了三十度以後，我都採用保冷措施，以免發生食物中毒。問題是，袋子裡放了太多保冷劑，飯盒的內容反而會冰凍。有一次，我就被兒子抗議過：凍飯菜多難吃啊。於是需要一邊看當日的天氣預報，一邊決定，要放多少保冷劑才會防止飯菜腐爛的同時又不至於結凍。

有些日本母親，乾脆把現成的冷凍食品塞進便當盒裡，以期午飯時間以前自然融化。也有些母親，把小瓶裝飲料或者鋁袋裝營養果凍之類，放在冷凍庫裡凍上，然後跟便當盒一起放在保冷袋裡；這樣子，飲料或果凍會起保冷劑和冷飲的雙重作用。我自己則常用冷凍毛豆和小蒟蒻果凍當可食保冷劑。至於冷凍烤魚片、冷凍油炸豬排、冷凍煎肉餅等，卻從來不敢用。不過，既然冷凍食品的老字號味之素公司都推出來一系列「自然解凍便當菜」，估計是夠安全可口的吧。

傳統日本的長子單獨繼承制，持續到二十世紀中。我公公至今就經常埋怨道：當年長子哥哥吃的是母親特地為他燒的小鍋飯和小鍋菜，下面的弟弟妹妹則都是吃大鍋飯長

こどもにつくるおべんとう

為孩子做便當

日語詞「辦當」傳到台灣以後變成了「便當」，兩者的發音在日語中完全相同。不管是「辦當」還是「便當」，從頭到尾是方便的意思。

在日本，小學和初中是義務教育，一般都供應午飯。幼兒園和高中就不是義務教育，雖然升學率都高達百分之九十八，但是午飯還得自己解決。私立高中設備優良，多數都具備學生食堂，家長只要讓孩子帶錢上課就行。公立高中則至多有小賣部出售麵包而已，爲了不讓寶貝兒女挨餓昏倒，做母親的只好每天早早起床做便當。

日語詞「辨當」傳到台灣以後變成了「便當」，兩者的發音在日語中完全相同。不過查語源，又說是從南宋傳到日本的「便當」一詞，後來誤寫成「辨當」的。總而言之，不管是「辨當」還是「便當」，從頭到尾是方便的意思。

我念高中的時候，有些男同學飯量特大容易餓肚子。剛剛上完了兩節課，十點多鐘的課間休息時，他們就拿出從家帶來的大型便當吃個乾淨。到了午飯時間，他們又抓錢包到小賣部買幾個麵包去了。至於女同學，個個都特愛講面子。從家裡帶來的便當，不可以太大，也不可以太簡單。然而，實質和外貌兩方面都照顧到的便當，做起來多費事呀。如今，網路提供合法窺見別人家生活的渠道。乍一看，日本全國有一千幾百個母親在每天的部落格上介紹當天爲孩子做的便當。看照片，有些人做的便當眞的很好看。

我曾在加拿大多倫多的日語補習學校教過書。從週一到週五上當地小學的日本兒童，只有週六來上那家補校的。他們的母親也只有週六才做日本式便當，而個個都做得特精緻。有些同學住得離多倫多很遠，早晨六點前就得離開家花兩個鐘頭來上學。那麼，他們的母親到底幾點鐘起來開始做便當呢？有趣的是那些孩子們從週一到週五帶到當地學校去的午飯卻是加拿大小孩子的至愛：花生醬果醬三明治，否則會被人取笑欺負。

我上次天天做便當是老大兒子上幼兒園的時候。小飯糰、炒雞蛋、小香腸，吃了三年便當以後，他對出現頻率最高的三樣食品，徹底失去了胃口。時隔九年，他上高中了，我也又一次天天做便當，但是這次在飯盒裡要塞什麼東西？看一些部落格，達人媽媽做的便當簡直跟高級餐館提供的飯菜一樣琳琅滿目。而我呢，最怕某一天睡過時間，來不及做便當讓孩子帶走。於是買來了幾樣冷凍食品塞在冰櫃裡，預備上陣。沒有錯，對日本母親來說，做孩子的便當不是鬧著玩的，非專心致力不可。

ひやしちゅうか

冷中華

裝在透明塑料容器裡的便利商店版本「冷中華」，有人帶回家吃，也有人帶到公司、學校去當午餐。所以，某一個中學生的母親學起便利商店，把「冷中華」裝在兒子的便當盒裡，引起其他同學的羨慕。

兒子說：同學帶「冷中華」來學校當午餐，令人好羨慕的，我也很想吃唷。

眞沒想到如今日本中學生的午餐，竟然包括「冷中華」了。那是一種涼拌麵，起源自中國，卻在日本發展成獨特樣式後，普及全國的。可以說，跟日式拉麵一樣，「冷中華」也是在中國吃不到的日式中餐之一。

一般相信，在舊書店鱗次櫛比的東京神田神保町，跟魯迅先生因緣不淺的內山書店對面，一九〇六年開張的寧波館子揚子江菜館，一九三八年最初推出了「冷中華」的。這種涼拌麵用的是日本人所謂的「中華麵」，即加鹼水和好的黃色麵條，煮熟後冰鎮，並盛在盤子裡，上面再擱叉燒絲、雞蛋絲、黃瓜絲等成富士山形狀，最後澆上由醬油、醋、白糖、麻油等調好的醬料，盤子邊添上點芥末和紅醋薑即可。

在發祥地揚子江菜館，一年四季都能吃到原味「五目（什錦）冷（中華）」，改良過的「三絲（雞絲、青椒絲、豆芽菜）冷」和「擔擔冷（芝麻醬、肉末）」三種。日本其他拉麵店，則每年從六月到九月，氣候悶熱的時候才推出這種菜式。

各家便利商店，也是氣溫超過了三十度就開始賣「冷中華」的，有些加了半粒水煮蛋，有些則加了一隻蝦子，或者一點木耳、裙帶菜等，以便強調跟別家的區別。裝在透明塑料容器裡的便利商店版本「冷中華」，有人帶回家吃，也有人帶到公司、學校去當午餐。所以，某一個中學生的母親學起便利商店，把「冷中華」裝在兒子的便當盒裡，引起其他同學的羨慕，久而久之這個潮流竟傳播到我家來，也該說順理成章吧。

兒子上了高中就天天帶便當上學，除了傳統的日本便當菜餚以外，我都在他飯盒裡塞過炒飯、炒麵、咖哩飯、壽司等等另類食品了。可是「冷中華」麼，因爲上面要澆醬料，怕漏出來弄髒課本等，從來想都沒想過。如今既然兒子自己提出要求來，做媽媽的也該發揮想像力了吧。

於是今天早晨，我就在便當盒的底部先鋪滿麵條，然後把雞絲、青椒絲、雞蛋絲擱下來，另把醬料倒入小型醬油瓶裡。到了中午，兒子打開飯盒，先把醬料澆上去拌一拌，然後就可以開動。效果究竟怎麼樣？等他回家得問個仔細，我都等不及了。

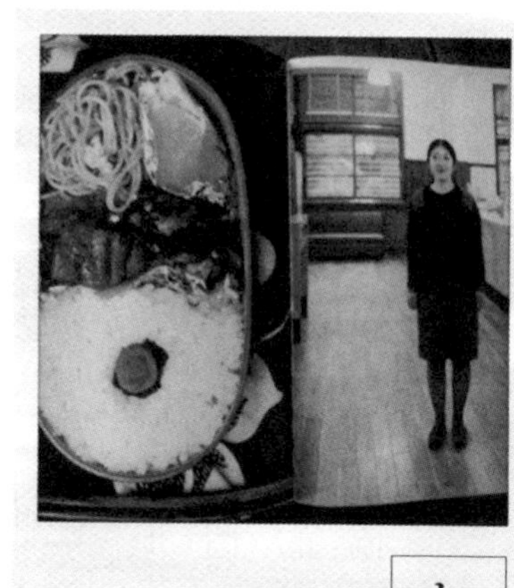

おべんとうのじかん

•《便當時間》

其實在全日本，沒有便利商店，所以只好帶自家製便當的漁村、農村也是為數不少的。

《便當時間》一書，我是跟村上春樹的新小說同時買的。未料，手不釋卷的竟然不是那一本而是這一本。

攝影師阿部了和撰文家阿部直美夫婦，帶著年幼的女兒，三口子去日本各地，北自北海道，南至沖繩伊良部島，訪問當地老百姓，爲的是拍攝他們的肖像和自家製便當的內容，並且用文字記錄下來各人對便當的所想所思。

當初，阿部夫婦並沒有發表照片、文章的園地管道，各地仍然有人願意當他們的模特兒。後來，全日本航空公司的機艙內雜誌《翼的王國》邀請連載〈便當時間〉專欄，果然頗受讀者歡迎。從雜誌上發表的共一百一十三篇文章裡選出三十九篇來，由木樂舍出版的單行本，充滿著難以言喻的魅力。於是一次又一次再版，至今賣了四萬本。

這本書裡有從幼兒園兒童、高中生到大學教授、和尚、農民、船老大、保險推銷員、少數民族歌手、火車駕駛員、漁女等等不同年齡、身分、職業的日本人。有人在離島長大，有人在山區生活一輩子，也有人從城市移居農村。閱讀不同背景的人講出來的真實生活經歷，可說五花八門，琳琅滿目，簡直和聽《一千零一夜》故事一般令人興奮。

加上，他們讓阿部了拍攝的便當，個個都很豐富精緻。在三十九個便當中，只有一個是大飯糰，其他三十八個都是既有主食又有副食的套餐。那大飯糰是住在群馬縣的土屋繼雄先生自己做的。他的工作是「集乳員」，即在牧場和牧場之間開卡車，把剛擠過的新鮮牛奶收集後送到農協去。因爲早晨四點鐘就得離開家，不好意思麻煩太太，每天都自己做個大飯糰 隨身帶去上班，什麼時候餓了就什麼時候吃一口。下班後，土屋先生也逛逛市場買點鹹菜等，以便放在第二天的飯糰裡，還順便給女兒買她喜歡吃的冰淇淋。

其他三十八個便當，可能是爲了給拍攝，做得比平時豪華一些了吧。在長方形或者橢圓形的鋁製、不鏽鋼製、塑料製飯盒裡，米飯占大約一半的地方。另一半空間裡，塞著四到十種副食品。最常見的菜餚是黃色宜人的炒雞蛋，其次是紅色可愛的迷你番茄。好看的便當不能沒有黃紅綠等鮮豔顏色的食品。所以，綠色的青花菜、青菜等出現的頻率也相當高。至於肉類，有酸甜肉丸子、雞唐揚（炸雞塊）、小香腸等。從前在日本人的便當裡，不能沒有的酸梅乾和鹹鮭魚，如今卻較少看見了。

在《便當時間》一書的封面上，有頭上戴著潛水面罩的中年女性照片。她是在東京東邊的千葉縣漁村做「海女」的里見幸子女士。「海女」是跳進海裡去，採取鮑魚等海珍的職業。日本各地歷來有這一行家。里見說，她孩子們還小的時候，做媽媽的不方便出去工作。所以，在家對面的大海裡，潛一下找找有什麼可賣的，然後按照當地規定，拿到漁協去賣了。久而久之，她說對尋寶遊戲上癮了，不能戒掉。

沙灘上有「海女」們共用的小屋，裡面修築的地爐是燒起火來使「海女」保暖的。她們吃的午飯，只有白米飯是從家中塞在便當盒裡帶來的，其他副食品，如玉米是臨時用海水煮熟的，烤魚也是當場邊烤邊吃的，保證新鮮好吃。

相比之下，京都造型藝術大學空間演出設計系的松井利夫教授吃的便當，給人以小巧玲瓏的印象。那是竹皮包裝的鮪魚海苔卷。他說，是家裡養的九隻貓兒吃剩的生魚片，主人用海苔跟米飯一起捲起來，帶到大學來當午餐吃的。講卡路里，恐怕「海女」便當的幾分之一都不到。當然，「海女」和大學教授消耗的能量也不一樣。

他們兩位的便當，其實都算是異數。正如，加拿大出身來日本發展的英語女老師，攜帶的便當盒裡有源自北非的古斯米，也是異數。《便當時間》一書收錄的三十九種便當中，絕大多數都以大米飯爲主食，再加上幾種副食品的。便當盒裡塞的大米飯甚少是純白飯，一般都是擱著芝麻，撒著鮭魚鬆、雞肉鬆、銀魚乾等，或者本來就是跟黑豆等其他穀類一起煮的。

我之所以買來《便當時間》一書，是因爲前些時候開始，每天早晨爲高中一年級的兒子做便當，想要了解一下當代日本的便當文化處於什麼狀態。初步的結論是：家裡做便當的習慣在日本社會根深柢固，但是便當的具體內容則會隨著時代的變化而不同。比方說，從前的便當裡絕不會出現的生菜沙拉、馬鈴薯沙拉等用美乃滋（蛋黃醬）調味的西式食品，如今往往占住便當盒裡最大的空間。這個變化反映出來廣大日本人對健康飲食以及減肥的關注。

最初我很驚訝，如今的日本居然還有這麼多人帶著自家製便當上班上課去。看完對三十九個人進行的訪問，我才發覺：其實在全日本，沒有便利商店，所以只好帶自家製便當的漁村、農村也是為數不少的。只是電視和網路的發達，把各種資訊送到那些偏僻地區去，使得日本各地人吃的便當，彼此非常相似。

《便當時間》裡，也有北海道帶廣市的賽馬場護士石井春美女士的照片。她是幼兒園兒童的母親，自己的便當盒裡也有切成心形的炒雞蛋。她說：那本來是給女兒做便當時靈機一動就做的。那天，小朋友回家後高高興興地報告說了：媽媽，今天我的便當盒裡塞了幸福的形狀吧？可見，便當是母親和孩子，妻子和丈夫聯絡感情的一種渠道。

石井說：記得小學時候的午餐時間，學校方面提供副食品，主食白米飯就得從自己家裡帶去。到了中午，打開飯盒看，其他人的主食都是白色，只有她的米飯是粉紅色的。那是她母親把魚肉香腸切成末，撒在了白米飯的表面上。班導師不認可，但是她心裡很得意，同學們則都好羨慕，因為粉紅色的米飯代表母親對女兒的關懷。其實，即使在幾十年前，魚肉香腸並不是高級食品，是買不起肉腸的人才買的替代品。可見，做打動人心的便當需要的是愛情而不是金錢。

住在鐮倉的津田敦子女士，每天中午跟果醬廠的同事們一起吃便當。她說：小時候母親做的便當裡，水煮蛋呈現兔子的形象，飯糰上則畫著小男孩、小女孩的臉孔。於是接受《便當時間》訪問之前，特地給母親打電話詢問了那些究竟是怎麼做的？未料，母親笑說，都不記得了。充滿愛心的便當，做的人忘記了，吃的人卻久久都忘不了。女兒如今成年一個人生活，每天爲自己做便當。她說：做好的便當，經常拍照而傳給住在遠處的姊姊看看。那是分開兩地生活的姊妹聯絡感情的方式。

對於小時候母親做的便當，並不是大家都有美好的記憶。在四國高知縣的馬路村農協做公關的菊池史香女士說：她母親做社區保健工作，對染過色的食品厭惡如蛇蠍。小朋友都愛吃的紅色小香腸，或者往往在飯盒裡添顏色的黃色醃蘿蔔等，母親都絕對不接受。結果，她做的便當，雖然保證健康，但就是不顯眼，每次都令孩子失望。如今女兒早已成人，可是講起小時候的便當來，仍然激動，心不平氣不和。可見，成功的便當多年來都讓孩子懷念。反之，不成功的便當就多年來都給孩子埋怨的！（編注：《便當時間》行人出版，書名《幸福便當時間》）

・吃冷飯的日本人

小學生在戶外吃的便當，可說是日本式的野餐。遊客在旅途上吃的「驛便」也是品嘗當地風味的合理方法。

ひやめしぐい

嚴冬的十二月裡，連續兩個週末，我都有大學的工作：第一週末擔任入學考試的面試者，第二週末則在研討會上演講。平日上班，中午能在教職員食堂吃飯。週末食堂休息，於是各項目的主辦單位替大家訂購便當。

日本人歷來有吃便當的習慣。雖然大部分小學和初中提供午飯，但是幼兒園兒童和高中學生一般都是帶便當上課的。也就是各家主婦清早做的便當，到了中午孩子們打開吃。即使是小學生或者初中生，如果哪天有校外活動，還是要從家裡帶便當去。

小學五年級的女兒，幾週前就有過「社會課參觀學習」活動，是兩個班六十多名學生包租了兩輛大巴士，去電視台的攝影棚和飛機維修廠參觀，到了中午就在機場大樓的屋頂平台上吃便當。班導師一發表活動日期，女兒就告訴我那天的便當要吃什麼：「雞唐揚和炒雞蛋，蔬菜要有青花菜和迷你番茄；主食要有兩個飯糰，一個酸梅乾的和一個鮭魚的，都用海苔包起來；另外想要有應時水果，柿子就可以了。」對小孩子來說，在戶外跟同學們一起吃便當是一年裡只有幾次的難得機會，一定想帶自己喜歡吃的食品去。為了迎合小朋友的期待，很多日本母親都特地從書店買來「便當食譜」，盡量努力做既好看又好吃的便當。

大人也有期待吃美味便當的場合。例如，觀賞歌舞伎時候，在戲院裡買的傳統日本式便當，雖然價錢貴一點，但確實能吃到高級餐廳的味道。又例如，利用鐵路旅行時候在月台上買的「驛便」即車站便當。日本各地都有以「驛便」著名的車站。比方說：北海道釧路站的螃蟹便當、橫川站的山巔釜飯、濱松站的鰻魚便當、富山站的鱒魚壽司、松阪站的牛肉便當、下關站的河豚便當等，不少人會專門為了吃這些聞名「驛便」而去旅行。東京的百貨公司每隔一段時間都舉行「全國驛便大會」，出售各地的著名「驛便」而每次都是顧客盈門。

所以，吃便當並不一定總是次善之策。小學生在戶外吃的便當，可說是日本式的野餐。遊客在旅途上吃的「驛便」也是品嘗當地風味的合理方法。然而，初冬的週末在大學會議室吃的便當，叫我飽嘗了做日本人的無趣。

先談第一週的無趣吧。平日熱鬧的日本大學校園，到了週末就變得冷清清。雖然會議室裡開著暖氣，但不知道是爲了節約電力還是什麼，室內氣溫還是不夠高。值班的女職員好像得了感冒，戴著口罩，披上毛毯，似乎在發抖。她的任務是給大家分配午飯，即全冷的便當和紙盒裝的綠茶。便當一般都是吃冷的，所以最好選擇冷了以後也不難吃的菜餚。然而，這一個冬日，招待我們面試者的午餐內容竟然是中餐：冷的青椒肉絲、冷的麻婆豆腐、冷的雞蛋炒飯、冷的白米飯。既有炒飯又有白米飯的原因，大概由於日本廚師相信炒飯是一種中餐菜餚，而沒考慮它會是主食的可能性。總之，要把冷的米飯和冷的炒菜用冷的茶水嚥下，簡直是一種拷問。

第二週的無趣則是雙重的。我早就知道，日本大學的教員參加本校主辦的研討會，不會另發報酬。不過，星期天額外出去工作，在會議室吃統一訂購的冷便當，喝保特瓶裝的冷烏龍茶，還得自己掏腰包算錢，我個人覺得格外無趣。何況，這天的便當是連鎖壽司店京樽的特級品，價錢比在外面餐廳吃現做的午飯套餐還貴的。同一種便當，如果天氣暖的季節裡吃，也許會有不同的感受。可是，冷冷的冬天吃冷冷的飯菜，會傷胃，實在吃不下去。

爲什麼日本大學發的午餐都是冷便當呢？只能說是古老的飲食文化流傳到今天的。我本人受了中國文化的影響，對日本人吃冷飯的習俗，頗感不以爲然。跟物流未發達的過去不同，今天若要提供熱菜應該有辦法的。然而，我從來沒聽過其他日本老師們對冬季裡的冷便當表示不滿。可見，胃腸的狀態都受文化的影響。

當天傍晚研討會結束後，大家一起去附近的義大利餐廳。也是要每人先掏腰包付會費，然後看「喝放題」（編注：指喝到飽的意思）飲料單子的。大多人都說「先喝冷啤酒」，只有後來參加的馬來西亞華人老師說「我要喝熱的」，可是「喝放題」的單子上竟沒有任何熱飲。店員爲她特地弄熱了一杯烏龍茶。在座的日本人似乎都覺得：外國人還是規矩不一樣。而我呢，這時又恢復日本人的本性來，大口喝下了冰冷的生啤酒。

・學校給食

がっこうきゅうしょく

一九七〇年代以後，日本的大米消費量明顯開始減少，市面上有大量剩貨了。這回則為了消費剩米，學校給食又開始供應米飯。

學校給食是日本小學、初中提供給學生吃的營養午餐。最早是十九世紀末，部分小學發給兒童的飯糰和鹹菜開始的。一九五四年日本國會通過了學校給食法，規定全國的公立小學、初中都得在學校裡給學生提供由主食、副食品、牛奶組成的午餐。

現齡六十歲以下的日本人大多都吃過學校給食。但是，具體的內容則依時代而不同。比方說，一九五〇年代的學校給食裡曾一度出現了脫脂奶粉。那是聯合國文教機構爲戰敗國孩子送來的救濟食品，當年的日本小孩很多都喝不慣，老師又不允許浪費外國貴重的食品。於是一九四〇年代出生的一代人講到學校給食，至今都無例外地訴苦道：裝滿大鐵桶的熱脫脂奶，多麼難喝呀！

我上小學的時候，脫脂奶已經被普通牛奶代替了。但是，每天的主食還一定是麵包或者麵條，前後九年的義務教育階段，連一次都沒出現過米飯給食。當年的營養學家異口同聲地說：吃麵包、喝牛奶對身體和大腦的成長有利；吃大米，人只會發虛胖。到了後年，我才知道：原來是美國爲了銷售大量剩餘小麥粉，向日本政府施加壓力，使學校給食採用麵包和牛奶的西式午餐，以便西化一代日本人的飲食習慣。結果，戰後長大的日本人，著實吃麵多於吃大米了。一九七〇年代以後，日本的大米消費量明顯開始減少，市面上有大量剩貨了。這回則爲了消費剩米，學校給食又開始供應米飯。

看我女兒從學校帶回家的午飯菜單，目前的日本給食中，麵食和米飯的出現比例爲二比三。週一：炒牛肉、沙拉、納豆、白飯、牛奶。週二：竹筍粉絲湯、起司烤蘆筍、柳橙、豆粉炸麵包、牛奶。週三：韓式合菜拌飯、芝麻醬蒸蔬菜、白桃果凍、牛奶。週四：肉醬義大利麵、炸薯片、凱撒沙拉、牛奶。週五：什錦湯、油炸多春魚、青豆米飯、牛奶。可見日本的學校給食至今都呈現日不日、西不西的混血狀態。不過，戰後的六十多年裡，廣大日本人的飲食生活相當西化了，不可能只有學校午餐是例外。

總之，從六歲到十五歲的日本學童，一週五天都在學校裡吃到一頓有六百多卡路里，含二十五克蛋白質的營養午餐，可以說，對孩子和家長都是福氣。一個月的費用大約四千日圓也相當合理。最重要的是女兒對給食內容很滿意，經常回家後主動向我報告今天吃到了哪些美味。幸福的一代日本小孩，連想像都想像不到：大伯一代人曾經捏著鼻子硬喝下了外國送來的救濟粉奶。

歡迎來到東京食堂
菜譜迷

しょくはこうしゅうにあり

食在廣州

讀《食在廣州》預習了好多年，我對許多華南風味並沒有陌生的感覺。尤其去茶樓，終於嘗到蝦餃、牛肉燒賣、雞包、叉燒包、馬來糕、蛋塔、蓮蓉包等等點心。

還沒上大學開始學漢語以前，我已經知道中文有句俗語說：食在廣州。那是因爲出生於台灣，到日本發展的小說家兼企業家邱永漢（一九二四～二〇一二）有一本著作就叫做《食在廣州》。

邱永漢的父親是台灣人，母親則是日本九州出身，他自幼在台南出生長大。台南眾所周知是美味之鄉，他父親又特別講究飲食，使得邱家孩子們從小習慣吃美味長大。其程度，長子永漢後來形容說道：因爲家裡吃得太好了，所以他們兄弟姐妹到日本求學期間，個個都受不了宿舍伙食品質之差。二十世紀中期的日本，還流行著武士道精神，社會上認爲耽溺於美食有生活墮落之嫌。

台灣光復以後，邱永漢回到台灣。可是，在國民黨執政下，不久參與獨立運動而被通緝。爲了保命逃亡去的香港，給他提供了發財的機會；很快就住進高級公寓，並娶了當地闊家的女兒。一九五四年，他移居日本，第二年就以小說《香港》獲得了日本文壇上最有地位的娛樂小說獎直木賞。《食在廣州》就是在那段時間裡，邱在雜誌《甜鹹》上連載的飲食散文，一九五〇年集結出的書。這本書，直到今天都在日本書店買得到中央公論文庫版的。從初版已經過了六十多年，可說早進入了古典之列吧。

在《食在廣州》裡，作者以輕鬆的文筆給日本讀者介紹，中國歷史上有關飲食的趣味插話以及他自己在台灣、香港的所吃所喝。書中出現的台灣、廣東美味，對中學時候的我來說，簡直是天方夜譚一般。蛇羹、狗肉、禾蟲、鴨掌等，也許是作者爲了嚇唬日本讀者而故意談得恐怖也說不定。台灣特產的烏魚子、肉鬆，或者廣東人吃的蝦子麵、鹹魚、蠔油等，我都是在《食在廣州》裡第一次看到的。廣式茶樓、麵粥店也是先通過文字認識的。

記得一九八五年的春節，我從北京出發，先去大連，然後坐船去上海、寧波，由杭州坐火車到福州、泉州、廈門，再從汕頭坐巴士南下到了廣州。冬天的羊城街頭，處處可見燒臘鋪門前掛的烤狗肉、人行道上則有人現煎現賣蘿蔔糕。去一個當地朋友家，我看她煮熟了米飯以後，拿掉蓋子把臘腸放進去，過片刻就出現了香噴噴的油飯。讀《食在廣州》預習了好多年，我對許多華南風味並沒有陌生的感覺。尤其去茶樓，終於嘗到蝦餃、牛肉燒賣、雞包、叉燒包、馬來糕、蛋塔、蓮蓉包等等點心的時候，感覺猶如小朋友第一次到了迪士尼樂園一般，既高興又興奮，只可惜自己的飯量有限。

あこがれのおうふうりょうり

憧憬歐洲菜

石井好子去哪裡就吃哪裡菜，熱心記錄詳細的做法，回國後還自己做請家人朋友吃。再說透過她的文筆，日本讀者也對外國人的生活方式和價值觀念開了眼界。

寫美食散文的，當然不僅是男性作家。不過，猶如職業廚師中男性占多數一樣，現代日本的美食散文家當中，女性作家確實相對少見。其中，名氣最大的非石井好子（一九二二～二〇一〇）莫屬。

石井好子的爺爺和父親都是政治家。她本人是東京藝術大學畢業的聲樂家。然而，日本戰敗後，社會規範一時崩潰，名流千金翻身爲爵士樂歌手謀生了。一九五〇年，二十八歲的好子去美國、法國留學。未料，充滿異國情調的日本歌手在歐洲各地很受歡迎，她被邀請去很多國家上了舞台。回日本以後，除了繼續唱歌以外，她還開辦經紀人公司，送日本歌手去國外演唱，也請外國歌手、樂隊來日本開音樂會。著名雜誌《生活手冊》的總編輯花森安治看中好子外國生活經驗豐富，約她寫飲食散文，果然大受讀者歡迎。集結出版的《巴黎天空下奶油炒蛋的香味飄浮》獲得了一九六三年的日本散文家俱樂部獎。

爾後，她撰寫出版的美食散文集有多種：《東京天空下黃油炒蛋的香味飄浮》《奶油一大匙、雞蛋三個》《石井好子的歐洲家庭料理》等。難得的是，其中多數一直到今天多次再版。我最近購買河出書房新社二〇一二年重新出版的《石井好子的歐洲家庭料理》。這本來是一九七六年文化出版局刊行的美食紀行兼食譜，書中收錄著她親自訪問歐洲十幾個國家共四十個家庭，請各家主婦親手做當地的名菜或家常便飯，最後大家一起坐下來邊吃邊聊的文字記錄和照片。

法國的烤鴨、紅酒煮雞塊，義大利的海鮮燴飯、肉醬茄子，西班牙的蒜頭湯、番茄鱈魚，德國的鯡魚沙拉、烤鹿肉，奧地利的牛肉湯、油炸子牛片，荷蘭的烤鰻魚，瑞士的奶酪火鍋，瑞典的鹽醃三文魚，挪威的鮮奶油肉丸子，英國的牛肉腎臟派等等，簡直呈現二十世紀後期歐洲家庭菜百科全書的模樣。爲了刊行這本書，出版社以及作者石井好子，花的精力和經費應該都很多。一九七〇年代的日本，經濟剛起飛，大家對歐美先進國家的生活方式充滿興趣和憧憬。不僅電視上播放許多旅行節目，而且書店也擺滿了各種紀行、外國食譜等。

石井好子去哪裡就吃哪裡菜，熱心記錄詳細的做法，回國後還自己做請家人朋友吃。再說透過她的文筆，日本讀者也對外國人的生活方式和價值觀念開了眼界。雖說生爲名家千金，後來也當上了極其忙碌的職業女性，但是她爲父親和丈夫親自做了多年的飯。於是她也具備家庭主婦的眼睛和頭腦。可見，一個女性做起成功的美食散文家，所需要的經驗、能力和精力，都比男性同行要多幾倍。

りょうりぼんマニア

菜譜迷

雖然天天做飯是相當辛苦的勞動，但個中也會有很多樂趣。這是我長大過獨立生活以後才發覺的道理。

小時候在家，母親沒教我做飯。她一邊爲父親開的小公司當會計，一邊要帶我們五個孩子，從早到晚忙來忙去，卻從不叫我在廚房幫她。一方面她認爲廚房是她的王國，閒人免進；另一方面她對自己的廚藝沒有信心。那也不奇怪，因爲母親在戰爭年代長大，成長時期常缺乏食物，沒機會跟姥姥學傳統廚藝；後來，日本社會又迅速西化，家常便飯的內容都變得越來越美國式，除了上過新娘班的幸運少數以外，大多日本主婦都看著速食品包裝後面的指示烹飪而搪塞了每天三餐。總之，當年母親就是沒有心思跟女兒分擔做飯的責任和樂趣。是的，雖然天天做飯是相當辛苦的勞動，但個中也會有很多樂趣，這是我長大過獨立生活以後才發覺的道理。

小時候沒有跟母親學過廚藝，我獨立以後得從零學起如何煮飯、燒菜、熬湯等等。如果是今天，只要上網就能學到幾乎任何菜餚的做法了。可是，僅僅二、三十年前，這個世界既沒有網際網路，又沒有手機。加上，我出國在海外住，打一次越洋電話回日本，花費很快就達到一人週薪的水準。爲尋找有關烹調的訊息，非得去書店、圖書館找書不可的。

當年我住在加拿大多倫多市，超市賣的食品種類都跟日本不太一樣。用來做日本菜或者西餐，都不知道從何著手。幸虧世上總有好心人，當地一位太太送給了我據說是北美家庭必備的一本食譜：Better Homes and Gardens刊行的《NEW COOK BOOK》。這可說是北美式西餐的百科全書：從前菜、麵包、蛋糕、糖果、甜品、雞蛋、奶酪、豆類、魚類、貝類、豬肉、牛肉、羊肉、禽類、麵食、米飯、雜糧、沙拉、醬類、湯水、蔬菜等等的食譜到自家製罐頭的做法，全部包羅於一本書裡。再說，也充分發揮了美國式實用主義的精神，烤不同大小的不同種肉塊所需要的時間，或者各度量之間的換算法，都整理成清清楚楚的圖表。例如：3小匙＝1大匙，4大匙＝半杯，2杯＝1品脫。用從加拿大超市買來的材料做烤牛肉、烤羊腿、炸魚排、薄餅等的程序，我都是看這本書自學的。

那時在多倫多唐人街附近有個商場叫龍城，一樓的書店賣中文書。某一日，我找到了中英雙語的《中國菜》，乃台灣黃淑惠編，味全出版社刊行的。打開一看，果然有宮保雞丁、魚香肉絲、砂鍋獅子頭、青豆蝦仁、螞蟻上樹、蠔油芥藍等，我在中國大陸留學時常嘗到的種種菜式。這回才知道了做法，給我的感覺猶如戲法亮底。那一陣子，我每次請當地朋友來吃飯，都做了書中介紹的幾道中國菜，而次次都成功地贏得了客人的讚揚。

過三十歲回日本定居後，我終於有了老老實實做家鄉日本菜的環境。逛市場，有的是各種新鮮的魚類，買回家可做刺身吃的。生魚的切法，我從原先做壽司廚師的父親那裡學過，家裡也有專門用來切魚的柳葉庖丁（細長刀）。可是其他菜式，如蒸雞蛋、竹筍飯、鰻魚拌黃瓜、醋醬螢烏賊等等的做法，主要是看著名餐館京味的老闆西健一郎著《和的菜餚》學的。日本人所謂的京味，指的是京都味道，而不愧爲千年古都，京都菜的水平確實可說是全日本最高。比方說，東京人直接放在鍋裡煮的鮮魚，京都人則一定先用熱水浸而去掉腥味，調味時更加大量清酒，都是爲了改進味道。專業廚師教京都式烹飪，程序要比凡人做的複雜，材料費也會貴一些，但是做出來的菜著實好吃很多了。

如今的日本人，即使在家用餐，也很少吃全日本式的飯菜。飯桌上，一會兒出現韓國烤肉、辣白菜、涼拌野菜，一會兒登場義大利麵條、英國式燉牛肉、俄羅斯式酸奶油牛肉絲等等。而根據我的經驗，做外國菜，最好參考專業廚師寫的食譜。如果是韓國菜，我打開東京銀座的名店清香園的女主人張貞子寫的書；如果做義大利菜，則看名廚片岡護的《義大利料理的基本》。這些日本出版的食譜，幾乎無例外地圖文並茂，而好看的照片能傳達的信息實在很多。

至於俄羅斯菜，我最信任荻野恭子寫的《豐饒大地的家庭味：俄羅斯料理》和《大地培養歐亞風味：俄羅斯的鄉土料理》。她不是專業廚師，卻從一九七〇年代起，訪問了俄羅斯和周邊的四十個國家，爲的是研究各地風味的做法。翻著她的書，我發現了曾在新疆綠洲上吃過的拉條子的做法，也找到了王家衛電影的背景香港皇后飯店提供的基輔雞肉的做法。於是我發覺：看食譜做飯會是跟旅行很相似的經驗，事前充滿期待，事後留下回憶。

例如，嫁到東京的北京人吳雯寫的《北京的麵食》和《單純可喜北京菜餚》，讓我想起在中國的時候，大學食堂賣的肉包子、朋友給我做的番茄炒蛋。又例如，法國修道院附屬烹調學校的課本《COURS DE CUISINE》在日本翻成《修道院的食譜》出版，共三百四十頁的書裡介紹了共五百種法國家常菜的做法。我做其中幾道，每次都覺得大開眼界，簡直大受文化震撼，因爲法國人的思路和我們日本人的很不一樣。這樣的震撼，也跟海外旅行帶來的感受挺像的。

我越來越愛看食譜。針對家庭主婦寫的《別爲每天的菜餚而爲難：食譜一千五百種》共三百八十多頁的厚厚一本，全是文字，沒有照片，然而每一個食譜都跟一篇詩一樣刺激讀者的想像力。著名烹飪學校的第二代校長土井善晴寫的《日本家庭料理獨習書》，則因爲主要介紹大阪菜的做法，由我們東京人看來充滿異國情調。所以我說做飯有做飯的樂趣，沒錯吧？

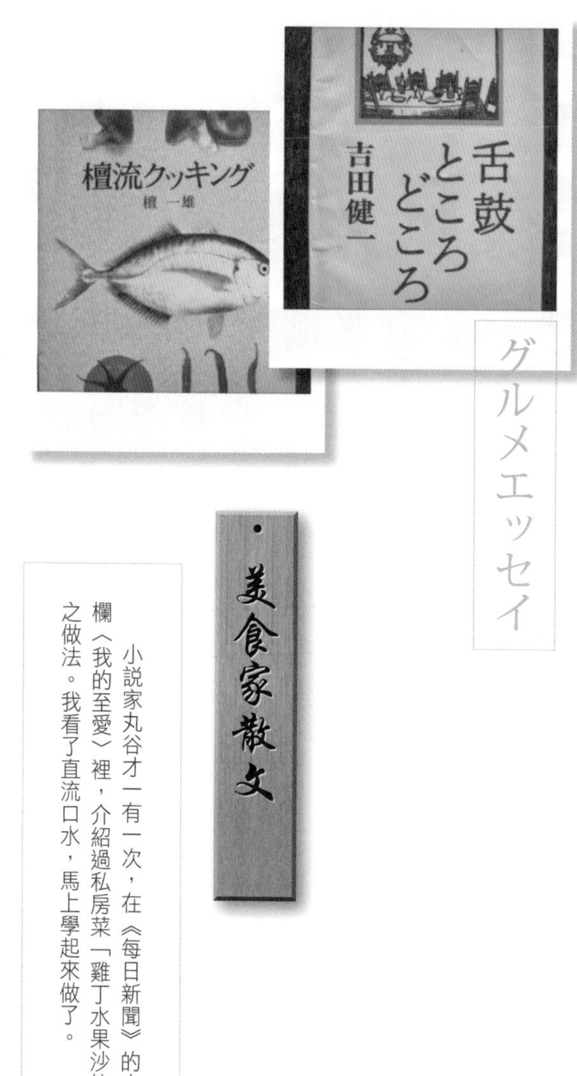

小說家丸谷才一有一次，在《每日新聞》的小專欄〈我的至愛〉裡，介紹過私房菜「雞丁水果沙拉」之做法。我看了直流口水，馬上學起來做了。

二十世紀後半的日本，曾有「三大美食散文」的說法，指：吉田健一著《舌鼓處處》、檀一雄著《檀流Cooking》、邱永漢著《食在廣州》。

吉田健一（一九一二～一九七七）是前首相吉田茂的長男，但拒絕繼承家業，一心要做文學家。從小隨外交官父親去國外住，對世界各地的美食造詣不淺，吉田寫出來的美食散文果然與眾不同。只是他從來不親自下廚做飯，結果對美食誕生的過程，常抱有幻想般的態度，可說可愛，亦可說可笑。書名《舌鼓處處》中的「舌鼓」是日語咂嘴的意思。

檀一雄（一九一二～一九七六）的來歷很不同。他父親是個沒成功的畫家，收入始終不高。一雄十二歲的時候，他母親就離去了。從此一雄得料理家務，自己去市場買菜，也自己做飯給父親吃。檀一雄也到許多國家，吃過各地的家常便飯。因爲有從小下廚打的根基，到哪裡就學會做哪裡的菜。《檀流Cooking》裡介紹：華南肉粽、西班牙炒烏賊、俄羅斯紅湯、德國酸牛肉、朝鮮冷拌野菜等等的做法。書中的文章，最初是在日本《產經新聞》的家庭生活版上連載的。中年男性作家用毛巾包起頭來，親自做菜、親自書寫，大受讀者的歡迎。只是檀一雄畢竟爲小說家，文章看來很有味道，可是按照他寫的食譜去實地做，不一定能做出美味來的。我年輕住在海外時，試過幾次而每次都失敗。

邱永漢（一九二四～二〇一二）則作爲台灣人要在日本文壇上成功，請前輩作家、出版社編輯等等到自己家來嘗美味，以便聯絡友好感情。當年聞名全日本的「邱飯店」，大廚是他的粵籍夫人，作家自己雖然不下廚，但是跟餐廳老闆一樣，認眞考慮決定每次宴會的菜單內容。看過《食在廣州》一書的人都對「邱飯店」興致勃勃，不少作家後來在自己的文章裡談到了去邱永漢家吃私房菜的幸運始末，使得「邱飯店」的名氣越來越大。邱永漢最初寫起飲食散文，乃受了當年香港《星島日報》上連載的〈食經〉之影響。那是戰後不久的一九五〇年代，日本社會剛復興過來，最起碼的衣食住行算解決了，但是還遠遠談不上享受美味。邱永漢寫的美食散文，對當時的日本讀者來說，簡直跟外國傳奇一樣的。

至於「三大美食散文」的命名者，則是剛過世的小說家丸谷才一（一九二五～二〇一二）。其實他自己都是著名的美食散文家，有一次，在《每日新聞》的小專欄〈我的至愛〉裡，介紹過私房菜「雞丁水果沙拉」之做法。我看了直流口水，馬上學起來做了。結果呢，就是跟《檀流Cooking》一樣的：文章比實物好吃。

トルストイのおおきなかぶ

・托爾斯泰的大蕪菁

四十年前的日本小孩，雖說不至於挨餓，但在胃裡和心裡的食物，還不完全足夠，總是夢想世界什麼地方會有我還沒嘗過的美味。

俄羅斯有幾個姓托爾斯泰的著名作家輩出。寫了《戰爭與和平》以及《安娜卡列妮娜》等長篇小說的是一八二八年出生的列夫尼古拉耶維奇・托爾斯泰。我從小熟悉的托爾斯泰則是另一名，一八八三年出生的亞歷克賽尼古拉耶維奇・托爾斯泰。他是俄語科幻小說的先驅者。不過，日本很多人知道他的姓名，是因爲圖畫書《大蕪菁》的封面上就寫著：由托爾斯泰採錄。

東京福音館書店版的《大蕪菁》，從一九六二年問世到今天，總共重印過一百三十三次，總銷量已超過兩百萬本。我小時候，無論在托兒所的書架上，還是在小學的書架上，都一定有這本書。三十多年後，兒子上小學，一年級的語文教科書也收錄著福音館版的《大蕪菁》，插圖和文字都跟我小時候看的完全一樣。所以，我相信，很多日本人都能背誦這則童話來：

爺爺種了大蕪菁，希望吃到甜蕪菁，果然收成大蕪菁，唉嗨一聲使勁拔，還是無法拔出來。於是叫了奶奶來，爺爺使勁拉蕪菁，奶奶使勁拉爺爺，唉嗨一聲拔不成。於是叫了孫女來，爺爺使勁拉蕪菁，奶奶使勁拉爺爺，孫女使勁拉奶奶，唉嗨一聲拔不成。於是叫了小狗來，爺爺使勁拉蕪菁，奶奶使勁拉爺爺，孫女使勁拉奶奶，小狗使勁拉孫女，唉嗨一聲拔不成。於是叫了小貓來，爺爺使勁拉蕪菁，奶奶使勁拉爺爺，孫女使勁拉奶奶，小狗使勁拉孫女，小貓使勁拉小狗，唉嗨一聲拔不成。於是叫了老鼠來，爺爺使勁拉蕪菁，奶奶使勁拉爺爺，孫女使勁拉奶奶，小狗使勁拉孫女，小貓使勁拉小狗，老鼠使勁拉小貓，終於拔出蕪菁來。而後就把大蕪菁，煮成美味燉蕪菁，大家一起享用了，啊好吃！

這則童話，由俄羅斯文學專家內田莉沙子（一九二八～一九九七）翻成日語，朗誦起來節奏特別好，著名雕刻家佐藤忠良（一九一二～二〇一一）畫的插圖也非常好看，毫無疑問是日本翻譯童書中的經典。不過，對我來說，最有吸引力的則是最後一句話：而後就把大蕪菁，煮成美味燉蕪菁，大家一起享用了，啊好吃！俄羅斯菜燉蕪菁，究竟是什麼樣的？是什麼味道的？可說我至今憧憬幾十年。

小時候看的外國童話中，讓我憧憬個中食物的，還有蘇格蘭作家寫的《小黑人桑布的故事》。因爲在故事最後，可怕的老虎化成奶油，桑布就用那奶油煎一百六十九張薄餅而全都吃掉。四十年前的日本小孩，雖說不至於挨餓，但在胃裡和心裡的食物，還不完全足夠，總是夢想世界什麼地方會有我還沒嘗過的美味，吃了以後心滿意足，能寫出一篇童話來。

ハイジのチーズ

海蒂的奶酪

《海蒂》是我小時候最愛看的一本書，收錄於父親從東京中野的舊書店給我買來的一套小學館版《少年少女世界文學名作全集》裡。

瑞士作家約翰娜施皮里（一八二七～一九〇一）寫的兒童文學傑作《海蒂》，早在一九二〇年就有日文版出版，後來有十幾個人翻譯的一百多種版本問過世，可說是少女成長小說的經典。不過，多數日本人知道《海蒂》應該是一九七四年富士電視台播放了宮崎駿參與製作的動畫片「阿爾卑斯山的少女海蒂」以後的事情。動畫裡的海蒂胖嘟嘟，跟櫻桃小丸子一樣活潑可愛。那形象跟我之前看文字書想像的她有點不一樣。

《海蒂》是我小時候最愛看的一本書，收錄於父親從東京中野的舊書店給我買來的一套小學館版《少年少女世界文學名作全集》裡。不知爲何，孩提時代的我特別喜歡看以孤女爲主人翁的外國故事，例如：加拿大作家寫的《清秀佳人（綠山牆的安妮）》、瑞典作家寫的《長襪子的皮皮》。尤其是《海蒂》，我重複地看了好幾遍，因爲她不僅是個孤女，而且在阿爾卑斯山上的爺爺那裡吃到大塊火烤奶酪。對一九六〇年代的日本小孩來說，「火烤奶酪」是只能想像而無法嘗到的外國風味。有趣的是，如今在網際網路上發表「動漫作品裡難忘的美味」民意調查的結果，第一名果然是「海蒂的奶酪」。我原來以爲自己嘴饞的程度過人，實際上，似乎大家都看書看動漫，對個中的美味念念不忘的。

我小時候，日本商店賣的奶酪，只有當地產的加工奶酪，看樣子像肥皂，口感則像蠟燭。像海蒂吃到的「火烤奶酪」那樣，加熱後會融化的正宗品種，是美國式的連鎖披薩餐廳在東京街頭出現以後，才逐漸開始普及的。一九八五年，根據五個工業發達國家財政部長開會決定的紐約廣場酒店協議，日圓對美元的匯率大幅度調整，之前沒看過的外國商品一下子湧入了日本市場。歐洲產紅酒和奶酪，就是那個時候才第一次進入日本家庭的。奶酪有法國的、義大利的、荷蘭的等等，但是日本消費者最初對瑞士奶酪最有興趣，恐怕還是海蒂起的作用吧。

現在，日本稍有規模的超市都賣歐洲進口的多種奶酪。雖然這些年來日本廠家做奶酪的水平也提高了不少，但是畢竟日本人吃乳製品的歷史不長，沒法跟歐洲人做奶酪的經驗比較。很多食品，日本人都喜歡買國產的。但是，至於奶酪和莎樂美腸，大家都覺得還是歐洲人的技術略高一籌。

在自己的國家能吃到外國美味，能接觸到外國事物，無疑是福氣。只是就因爲如此，現在的日本年輕人對外國沒有以前那麼憧憬、嚮往了。以前聽說美國人對外國沒興趣，不願意去海外旅行。今天的日本人似乎在這方面也相當美國化了。

ウー・ウェンさん

吳雯桑

吳雯桑沒能去加拿大而來到東京是日本人的福氣。她豐富了我家的餐桌，也幫很多日本人大開了眼界。

台灣人把相當於英文Mr.或者Ms.的日文san用漢字寫成「桑」。我借用一下這台灣用語，把日本著名的中國菜老師Wu Wen-san寫成「吳雯桑」。

吳雯桑本名叫吳雯竹，一九六三年在北京婦產醫院出生，父親是浙江省金華市出身的氣象學家，母親則是他的老北京同事。她畢業於北京師範大學英文系，先後在水電部和外資企業工作，本來打算去加拿大留學，卻受了一九八九年政治風波的影響而拿不到簽證，只好改來日本，一九九三年嫁給了年紀大她將近三十歲的日本人。她丈夫以食譜書的美術設計爲業，把新婚妻子介紹給日本出版界的朋友們，爲她後來做日本最著名的中菜老師鋪了路。

我書架上有吳雯桑一九九八年問世的《北京的麵食—餃子、燒賣、餛飩、麵條、餅、饅頭、包子》《單純可喜北京菜餚》、二〇〇〇年的《北京的酒菜—以八個味型做一百種菜》共三本。她後來在日本出版的食譜書超過五十種以上，但是最初期的三本介紹了北京最有代表性的家常便飯，如：番茄炒蛋、紅燒肉、小蔥拌豆腐、辣白菜。

在她之前，日本也有過不少人介紹中國菜的做法。公共電視台NHK，就從剛開播的一九五〇年代起，一直到今天都播放著《今日料理》節目，每隔幾日一定登場中菜專家。然而，那些專家教的往往是大菜。相比之下，吳雯桑則善於教小菜，如：荷包蛋、皮蛋豆腐、炒雞蛋。

在自傳性散文《東京的廚房、北京的廚房》裡，她就寫道：以前不僅沒教過烹調，而且沒正式學過，甚至很少有下廚經驗，只是來到日本後結婚生育，爲家人和朋友們做家常便飯吃，未料被丈夫的同行們「發掘」，才開始整理並記錄從姥姥、母親繼承的老北京食譜的。當然，她最大的優勢是身邊有很懂食譜的日本籍丈夫隨時可以當參謀。不過，她也說：因爲丈夫的年紀大，頗覺得有必要儘快經濟上獨立起來。

總而言之，吳雯桑沒能去加拿大而來到東京是日本人的福氣。她豐富了我家的餐桌，也幫很多日本人大開了眼界。以前大家都以爲做中國菜一定需要火勢特強的餐館用爐子。吳雯桑則說：用日本家庭的瓦斯爐子、平鍋、塑料鍋鏟就可以做跟北京主婦一樣的中國菜。主要調料是日本家庭必有的：鹽、糖、醋、胡椒、醬油、麻油。若要買豆瓣醬、甜麵醬、蠔油，如今的東京超市每家都有賣。對喜歡中菜的日本人來說，吳雯桑以前和以後，簡直是兩個不同的時代呢。

歡迎來到東京食堂
菜市場之旅

・好壞水果店

在日本，草莓是裝在透明長方形的塑料盒子裡賣的。我一看他們買回來的草莓，表面上是很好的，然而拿開第一層的一粒草莓，擺在第二層以下的顯然有很多已經爛掉了。

よいくだものや、わるいくだものや

日本的老童話如《開花爺爺》《切舌雀》《飯團咕嚕咕嚕》裡，都出現好老爺和壞老爺。好老爺生性好，始終出於好心給別人做好事，結果就是「做好事有好報」。隔壁家的壞老爺看到後無限羨慕，於是學起好老爺來，爲的是得到一樣好的報應。但是因爲他生性不好，做事始終都出於自私的念頭，結果就是「做壞事有報應」。這些童話的目的，顯然是給小朋友灌輸正確的道德觀念。

我家附近有兩間水果店，一個是好的，另一個是壞的。好水果店的老闆很正直，經售的商品都是物美價廉，有時以低價出售次級品，一定先清楚地告訴顧客說：「這葡萄呢，味道是保證甜蜜的，但是比較容易從枝兒掉下來，所以賣得這麼便宜。」

我買葡萄不是爲了送人而是爲了在家吃，於是這點缺點不算缺點，高高興興地以廉價買回家，第二天早晨二大二小都吃得很開心。我向兩個小孩說道：「你們看，這麼多新鮮好吃的水果，賣得比冰淇淋便宜很多呢，幾乎是四分之一的價錢而已。多合算呢！你們也要學會花錢花得聰明，好嗎？」

已逝的春天裡，有一天，我老公帶小女兒去買東西。本來我指定他們去那家好的水果店買草莓。然而，那天不知是什麼原因，人家關門休息。於是父女倆就去了附近另一家水果店。門市裡一樣擺著多種商品，個中果然也有草莓，看來是沒有問題的，而且價錢也相當便宜。父女倆高高興興地買了一盒帶回家。在日本，草莓是裝在透明長方形的塑料盒子裡賣的。我一看他們買回來的草莓，表面上是很好的，然而拿開第一層的一粒草莓，擺在第二層以下的顯然有很多已經爛掉了。

「怎麼會是這樣的？」小妹妹看到了壞草莓，就很難過。她父親也皺眉說「早知道這樣的話，我就不會買的。」我沒有怪他們，因爲不好的不是他們，而是那家水果店。

也許水果曾屬於奢侈品，往往買來送人而不是自家消費的緣故，日本社會似乎一直存在著黑色或者灰色的水果店，賣的商品很有問題。買了以後，送給了別人，買主不會發現原來在很好的表面下藏著已爛的實質。如果有人拿回去抗議，他們會毫不客氣地說：「你付的錢少，別期待買到頂級的東西。」反正，生鮮食品一般就是不能退貨的。

按照老童話的教訓，壞水果店該受到報應才行。然而，實際上，從我們十五年前搬到這兒到現在，人家一直在那兒做生意，天天讓無辜的消費者感到難過。

おおきいなし、ちいさいすいか

大梨子 小西瓜

最近認識的中國朋友說：剛到日本的時候，我最吃驚的是，日本人竟把西瓜都切成小片吃的。

記得多年前在北京留學的時候吃過天津鴨梨，乃黃色皮兒上有黑點，形狀似燈泡的。在日本吃的梨子，形狀倒是球形。我小時候，梨子的大小曾跟大人拳頭一般；後來一年比一年大，如今大到像小朋友踢的玩具足球一般了。這當然是品種改良的結果，因爲日本消費者喜歡大而甜的水果。什麼桃子、蘋果、草莓等，都比野生的或者比在別的國家賣的大很多。

梨子到底有多大呢？我放在廚房用的秤子上秤一秤後，果然都有一粒五百克以上，跟小一點的甜瓜差不多了。如果當飯後的甜品吃的話，太大了，一個人吃不完一個，反而正合適於一家三四口子分著吃。在日本，消費量最多的水果是香蕉；根據市場調查公司進行的問卷調查結果，香蕉人氣是因爲吃時「不用剝皮」。至於消費量第二名的橘子，受歡迎的原因也是「容易剝皮」。那麼，第三名的蘋果和第四名的梨子，如果沒有一家主婦爲大家剝皮，恐怕就無法保持現在的地位了。

在日本，梨子的變大和西瓜的變小，呈現有趣的對比。我小時候，西瓜是很大的，往往有一個大人搬不動那麼大。後來，西瓜開始變得一年比一年小，或者說俗稱「小玉」的品種在市場上占有的比例越來越高。原有的大西瓜，現在很少有人買整個的。水果店門市擺的也以切成了四分之一或八分之一的爲主。這一切，都是日本家庭一年比一年小導致的。如今很多家庭只有兩到三個成員而已；買了大西瓜不容易吃完，會造成消費者心理上的負擔。於是西瓜是小家庭吃兩次就能吃完的才受歡迎。至於蘋果和梨子，則由一家主婦剝皮分給三四口子吃，人均分量正好夠的，可說是理想的大小。

最近認識的中國朋友說：剛到日本的時候，我最吃驚的是，日本人竟把西瓜都切成小片吃的。人家在哈爾濱，都是一個人拿著半個西瓜和一根匙子，大口大口地吃個痛快呢！那到底是不是只在人人都是大漢的東北才流行的吃法呢？我想起來了，在廣州中山大學念書的日子裡，夏天晚上太熱睡不著，就到校外去；果然路邊有通宵經營的西瓜商，把橢圓形的大西瓜切成一塊一塊，賣給人家當冷飲，雖然放在外頭的西瓜一點也不冷。是的，中國的西瓜不僅大而且長，跟如今看起來像保齡球的日本西瓜，外貌很不一樣的。

太宰治的忌辰六月十九日則被稱為櫻桃忌，至今每年都在三鷹禪林寺舉行法事。除了全國各地來的書迷上墳以外，還一定有人把櫻桃蒂連接起來掛在墓碑上。

日本的六月是梅雨的季節，水果店門口擺出來青梅和櫻桃。青梅很多人是買回家泡在白酒裡做梅酒用，或者抹滿砂糖做梅糖漿的。至於櫻桃，無論是奶油色的日本山形縣產還是深紅色的美國產，都是分量很少價錢則不俗。所以，櫻桃向來都不被視爲小朋友的零食，卻被視爲大人的下酒菜。

說到吃櫻桃的日本酒鬼，就非太宰治莫屬。說實在，把櫻桃當下酒菜就是他開始的。以《人間失格》等作品著名的無賴派小說家，一九〇九年六月十九日出生，三十九年後的同一天，跟情人雙雙自殺的遺體從東京三鷹的玉川上水裡被撈上來。在他早一年發表的短篇小說《櫻桃》裡，彷彿作者的主人翁，拋下挨著餓的妻小一個人到酒館來，看著掌櫃的女人盛在碟子上的櫻桃自言道：

在我家，不讓孩子們吃奢侈品的。所以，他們可能連看都沒有看過櫻桃。如果有機會吃，一定會高興吧。如果做父親的帶回家了，一定特別高興吧。把蒂連接起來掛在胸前，櫻桃會像珊瑚項鍊吧。可是，做父親的，卻把盛在大碟上的櫻桃，很難吃似的吃一粒吐出一個籽，吃一粒吐出一個籽，吃一粒吐出一個籽。然後，在心中猶如虛張聲勢地說道：大人比孩子要緊。

代表無賴派人生觀的「大人比孩子要緊」一句話，從此在日本膾炙人口。太宰治的忌辰六月十九日則被稱爲櫻桃忌，至今每年都在三鷹禪林寺舉行法事。除了全國各地來的書迷上墳以外，還一定有人把櫻桃蒂連接起來掛在墓碑上。日本作家的忌日，有芥川龍之介的河童忌、三島由紀夫的憂國忌等可不少。

儘管如此，追悼太宰治的櫻桃忌始終吸引最多人。最大的原因無疑是作品本身的吸引力，以《人間失格》爲例，光是新潮社版簡裝文庫本，都賣了六百萬冊，跟夏目漱石的《心》比積累銷售量的。不過，櫻桃忌的名稱，以及櫻桃項鍊的形象，吸引文學少男少女的因素也絕不能低估。

在日本，櫻桃一詞其實是書面語抑或學名，口頭上卻是叫它爲「櫻坊」的。坊是坊主即和尚的簡稱。日語也把和尚般的光頭稱爲坊主頭。總而言之，「櫻坊」一詞給人的印象至多可親可愛。然而，一旦改用漢語稱之爲櫻桃來，同一種水果一下子就顯得跟珊瑚、紅寶石一般華麗了。這果然是太宰治的文筆使的魔法，至今很多年都未失效，實在很難得。

‧克萊門泰和春美

這幾年，日本市場出現了橘子和柳橙雜交的品種，既能用手剝皮兒吃，又能享受到類似於柳橙的香味。

クレメンタインとはるみ

曾經住在加拿大的時候，每到聖誕節前夕，我都在水果店看到了一種叫做克萊門泰的甜蜜小橘子。因爲有美國老歌《Oh my darling, Clementine》，克萊門泰這個名字給人的印象特別浪漫。

北國加拿大不產橘子，克萊門泰是從西班牙裝在小木箱裡進口的舶來品。有趣的是，這類橘子的最高級品牌居然叫做SAKURA，即日本櫻花。爲什麼給西班牙產水果起日語外號？每次剝著皮兒吃那種小橘子，我都覺得很奇怪。

後來得知，在歐美市場，橘子遠沒有柳橙普遍，人們視橘子爲充滿異國情調的東方食品，因而稱之爲mandarin orange。眾所周知，mandarin這個英文單詞，既指舊時中國的官僚，又指北京官話，總而言之意味著中國或者東方。只是西方人不大能分別中國和日本，替有中國血統的小橘子取了日文外號叫SAKURA。個中的曲折讓人聯想到普契尼取材於東方的歌劇作品〈杜蘭朵公主〉或〈蝴蝶夫人〉。

回日本以後，整個冬天，我都吃著不同種類的橘子過日子了。九州鹿兒島縣、四國愛媛縣、本州和歌山縣、靜岡縣等等，日本有好幾個橘子名產地，各自生產著五花八門的柑橘類。比如說：鹿兒島縣的椪柑、愛媛縣的伊予柑、和歌山縣的八朔柑等。日本盛產的橘子類，都能用手剝皮兒吃。相比之下，來自美國的柳橙，雖然糖度高，酸度低，但是非得用刀切開吃不可。如今的日本消費者懶惰到家，就是偏愛香蕉和橘子等能夠用手剝皮兒吃的水果，對於需要拿出刀子和案板來的種類，即使味道再好都嫌麻煩，結果敬而遠之。

這幾年，日本市場出現了橘子和柳橙雜交的品種，既能用手剝皮兒吃，又能享受到類似於柳橙的香味。我首先嘗到的品種叫清見，味道正處於橘子和柳橙中間。過去兩年，則有機會吃春美，乃清見和椪柑雜交的結果。今年我透過產地靜岡縣出身的朋友介

・香港街市的豬肝

於是有一天，我鼓起勇氣，去那個肉攤子用手指一指掛在案板上的豬肝。結果呢，肉攤主把整個豬肝拿刀跟肺等切開以後，放在塑料袋子裡交給我了。

ほんこんいちばのぶたレバー

我曾經在英國殖民地時代末期的香港灣仔待過一段時間，當時住的家附近有一條小路，兩邊都是賣生鮮食品的攤子和小商店。許許多多東西，在日本是買不到的。如：荔枝、龍眼、榴槤、波羅蜜等水果，還有鹹魚、鹹鴨蛋、銀耳、綠豆等南北貨，各色各樣的熱帶魚、牛頭、豬耳、雞腳等肉類。

也有些食品，雖然在日本也有，但是賣的形式就非常不一樣。比如說，豆腐。香港街市賣剛做好熱呼呼的豆腐。在日本，剛做好的豆腐也應該是熱呼呼的。但是，豆腐店門市攞的則一定是切成塊，沉在冷水裡的。所以，當我第一次看到大塊的豆腐冒著熱氣的場面，簡直跟看到了熱呼呼的冰淇淋一樣的驚訝。

還有豆芽。記得那街市一角，始終有個老太太，從早到晚在外頭坐著用手去掉豆芽的尾端，爲的是改進吃時的口感。反之，在日本，從來沒有過那樣的老太太，結果買來的豆芽非得自己去處理尾端的，否則口感不理想。去豆芽尾，工資不會很多，所以在日本找不到人願意做的。二十年後的今天，不知香港還有沒有去豆芽尾的老太太。

還有豬肝。日本很多人也愛吃豬肝的，尤其是中餐館做的韮菜炒豬肝，乃在東瀛很普遍，而且滿受群眾歡迎的菜式。當沒有力氣、感到虛弱，或者體檢查出貧血的時候，似乎人人都想到該吃炒豬肝補血了。可是，日本鮮肉店很少經售內臟肉，尤其是整個豬肝還跟肺等連在一起，掛在肉攤案板上賣的那種景象，我在日本從來沒看到過。

於是我對灣仔街市，把整個豬肝還跟肺等連在一起掛在案板上賣的攤子非常感興趣。而且年輕時候常鬧貧血的緣故，我都覺得頗有必要補血。至於怎麼做，我在書店買的中餐食譜中就介紹幾種。只要我能夠從肉攤買來豬肝，就可以按食譜做的。唯一的問題在於如何跟肉攤主溝通。

雖然我曾經在廣州中山大學上過一年的粵語班，後來在香港大學夜間課程也學過一段時間，但是我的粵語能力一直很有限。跟在北京不學普通話就無法跟周圍人溝通的情況不同，在廣州不講普通話也能過日子，到了香港英語又管用，學粵語始終缺乏迫切性的。我問了一位旅港日本太太，她怎樣在肉攤上買東西。她說：用手指一指就行了。

於是有一天，我鼓起勇氣，去那個肉攤子用手指一指掛在案板上的豬肝。結果呢，肉攤主把整個豬肝拿刀跟肺等切開以後，放在塑料袋子裡交給我了。是整個豬肝，好重的，有五六公斤吧。買了那麼多豬肝帶回家怎麼辦？都怪我沒學好粵語，指手畫腳示意的能力又沒有那位日本太太高。至今一聽到挫折一詞，我都一定想起塑料袋裡那整個豬肝的重量。

じゃがいもとアメリカまめ

・雅加薯和美國豆

它看樣子確實像四季豆或者豌豆，但是裡面有許多白色的小籽，汆了一下後切成小片，那些籽就跟山藥泥一般黏起來，姥姥就撒上了柴魚末和醬油吃了。

日本人把馬鈴薯叫做「雅加薯」，是最初從雅加達傳過來的緣故。那好像是十七世紀初的事情。當年，現今的印尼在荷蘭東印度公司的統治下，而荷蘭商人也定期來日本長崎做交易，相信就是他們把「雅加薯」也傳到東瀛的。不過，「雅加薯」的原產地其實不是東南亞也不是歐洲，而是南美祕魯。十五世紀末，哥倫布抵達了美洲以後，大批西班牙人紛紛往當年被稱爲「黃金國」的南美去，毀滅了一度擁有高度文明的印加帝國，順便把馬鈴薯、番茄、辣椒等當地原產蔬菜類帶回到歐洲去的。

如今在日本，「雅加薯」可說是北海道的土特產，因爲全國產量的百分之七十七都來自北海道。尤其說到此間廟會攤子的人氣商品「奶油雅加」，因爲日本產奶油的百分之七十五也來自北海道，幾乎是體現「北方浪漫」的食品了。這形象，跟來自熱帶島嶼的身世和名稱，不能不說相當矛盾。

外國原產的蔬菜等傳過來的時候，往往以中繼地的名字被稱呼。記得千葉縣農村出身的我姥姥，曾把秋葵叫做「美國豆」。它看樣子確實像四季豆或者豌豆，但是裡面有許多白色的小籽，汆了一下後切成小片，那些籽就跟山藥泥一般黏起來，姥姥就撒上了柴魚末和醬油吃了。我長大以後去加拿大旅居，發現那邊的人把「美國豆」叫做okra，並視之爲美國南部路易斯安那州的風味菜Gumbo不可或缺的材料。

美國南部早期由法國統治。移民過去的法國農民、漁民做的菜，跟當地印地安人的伙食相混和，最後再引進非洲西部來的奴隸傳播的okra等材料，就成爲路易斯安那州特有的菜式Cajun料理了。一九七〇年代，美國的兄妹組合卡彭特樂隊（The Carpenters，中文亦譯爲木匠兄妹合唱團）在日本也非常受歡迎。他們唱紅的一首歌〈Jambalaya〉，曲名就取自Cajun料理的另一種名菜。歌詞中也出現Gumbo一詞，雖然當時的我根本不知道是什麼意思，卻特別耳熟非常親切了。未料，多年以後在加拿大多倫多的路易斯安那餐廳，我竟吃到久仰的Gumbo，同時也得知姥姥在鄉下老家種的「美國豆」，其實原產於非洲迦納，可憐的奴隸帶到美洲的法國殖民地去，產生了獨特的雜種菜，最後由美國人傳到日本去的！

しそジュース

紫蘇糖漿

今天還做梅乾的主婦，很多都是六十歲以上的。年輕一輩主婦購買紅紫蘇，果然有了不同的目的。

每年七月份，日本蔬菜店都擺出一束一束的紅紫蘇來，不少主婦猶如收到了久久等待的情書一般的匆匆買回家，爲的是放入鹹菜缸裡，使早已醃好的梅乾發紅。梅乾歷來是日本最普遍的鹹菜，聽說曾經貧困的年代，沒有菜餚塞進飯盒裡的大人小孩，都把一粒梅乾塞進米飯正中間，叫它爲「日之丸（太陽旗）便當」的。不過，那是我父母一輩的經驗。

如今的日本人，不僅吃傳統日本菜，還吃西餐、中餐、快餐等等，一天吃一次米飯就差不多了。結果鹹菜、醬菜等的消費量也減少了許多。今天還做梅乾的主婦，很多都是六十歲以上的。年輕一輩主婦購買紅紫蘇，果然有了不同的目的。

我是最近才第一次喝到紫蘇汁的。我任職的大學有個女職員，經常從家裡帶來自家製小食品給各位老師嘗一嘗。那天她送我們的不是食品而是飲料，倒在玻璃杯子裡，猶如玫瑰水一樣美麗。她告訴我說：是紫蘇汁，有治過敏性鼻炎的作用。含在嘴裡，就聞到了紫蘇的香味，挺好喝的，不過關鍵在於那顏色，看起來特別漂亮。

七月第二個週六早上，我照樣去住家附近出售當地產蔬菜的攤子。夏天蔬菜種類非常多，有：玉米、番茄、黃瓜、茄子、青椒、豆角、毛豆。然後，我看到了一束又一束的紅紫蘇，好比是剛起床還沒梳頭的蘇格蘭女孩一般地半躺在角落。是的，是的，我想起來，可以用來做紫蘇汁的。賣蔬菜的農家婦女，雖然年紀比我小，但是對農作物的知識則多很多了。她很有權威地告訴我說：洗乾淨以後，就把葉子摘下來，放在兩公升的開水裡煮片刻熄火，等冷卻，再把葉子拿出來，水裡放入一公斤的白糖和二十五克的檸檬酸即可。

我回家後馬上按照她的方法去做，很快就獲得了兩公升的紫蘇糖漿。因爲糖度很高，要用三四倍的白開水稀釋，就成為恰好美味的紫蘇汁了。夏天的下午嘛，可以放鬆下來的，鄧麗君不是唱過「人生難得幾回醉，不歡更何待」嗎？於是我用碳酸水來稀釋深紅色糖漿，並加了點伏特加和幾個冰塊。能不好喝嗎？拿到外面酒吧去，可以賣得很貴啊。

早一個月，我都用青梅做了梅糖漿。那可是把青梅用砂糖醃上一到兩個星期才成的。相比之下，紫蘇汁簡直生性速成，讓各家主婦們享受到口福兼眼福。不妨你也試一試。

ももたろうトマト

桃太郎番茄

回到東京逛菜市場，我發現日本農業都經歷了商業化，如今的蔬果有各色各樣的商品名稱。

小時候在東京，八百屋，即蔬果店，賣的番茄似乎就叫做番茄，蘋果也就叫做蘋果，沒有更詳細的類別。只有馬鈴薯，記得分爲形狀溜圓而表面凹凸不平的男爵薯，和稍微細長而表面平滑的五月女王薯（May Queen）。

長大以後去加拿大留學，我發現當地有一種番茄叫做牛排番茄（Beefsteak tomatoes），頗感不以爲然。聽當地人說，這種番茄既大又結實，給人印象類似於牛排，我更加想不通了：番茄怎麼會像牛排？

另外，加拿大人愛吃的小型紅皮蘋果就叫做Macintosh，居然跟蘋果電腦公司的商品型號一樣，而且這種個人電腦上也一定有蘋果的圖案。我一時搞不清楚：Macintosh到底是蘋果的種類呢，還是電腦的品牌呢？答案則爲：它其實是在蘇格蘭相當普遍的姓氏，被用來命名蘋果了，恰好早期在蘋果電腦公司擔任策劃的工程師特別愛吃那種蘋果，因而命名商品爲Macintosh的。

回到東京逛菜市場，我發現日本農業都經歷了商業化，如今的蔬果有各色各樣的商品名稱。以蘋果爲例，除了原先就有的紅玉、陸奧等紅皮品種外，也有了綠皮的王林、黃皮的金星、信濃野黃金等新品種。至於番茄，乍一看，文藝復興、女高音等等充滿洋氣的名稱很流行，但是最受歡迎的品種卻叫做桃太郎。

桃太郎這名字，顯然取自日本一則古老童話：有位善良的老太太在河邊洗著衣服，看見從上流漂來一個大桃子，於是帶回家要剖開吃，不料從裡面跳出來個胖嘟嘟的男娃娃。因爲是從桃子生出來的男兒，所以起名爲桃太郎。一九八〇年代開發出來的新品種番茄，跟既有的品種相比起來，果肉就特別結實，即使完全成熟後才收穫，都不大會在流通過程中爛掉的。再說果肉呈現日本消費者偏愛的粉紅色，尺寸也不大不小正合適於整個地生吃。生產者方面，希望消費者視它爲水果多吃點，於是決定的新名稱裡竟然有桃字了。至今二十多年，桃太郎在日本番茄界的皇帝般地位不曾動搖。

這些年，新品種陸續上市的還有草莓。好像是看起來可愛、吃起來又甜蜜的緣故吧，大多數名稱都很女性，例如：栃乙女、女峰、章姬、紅面頰、彌生姬、越後姬、夏天公主、飛鳥紅寶石、夢香、茜娘等。有趣的是草莓也有叫桃草莓、櫻桃草莓等的。可見，在日本人的心目中，多汁且甘甜可口的水果，首屈一指的就是桃子。

歡迎來到東京食堂
東京人的廚房

ほうちょう

庖丁

聽說中國家庭的廚房裡始終只有一種菜刀，就能用來對付任何食材，日本人都目瞪口呆，根本想像不到。

庖丁是日語菜刀的意思，取自《莊子》內篇的〈養生主篇〉中庖丁解牛的故事。公元八世紀以前，庖丁的大名已經傳到東瀛。日本人最初把宮廷廚師稱爲庖丁，把他們用的菜刀稱爲庖丁刀。久而久之，庖丁刀的刀字被省略，後來庖丁一詞就指菜刀了。如今的日本人根本不知道庖丁原來是古代中國的人名。我自己也在多年前去北京留學的日子裡，被當地一位中醫大夫提醒，才曉得其所以然的。

我家廚房有好幾把庖丁：菜切庖丁、出刃庖丁、柳葉庖丁、文化庖丁等。長方形的菜切庖丁是切蔬菜時候用的。長三角形的出刃庖丁則是用來剖開魚類的。柳葉庖丁呈著柳葉般細長的形狀，專門用來把魚肉切成小片做刺身。以上三者都爲日本傳統的單刃庖丁，分右手用的和左撇子用的，使用時候都要把刀片拉向身。文化庖丁又稱三德庖丁，廣告上說是可以用來切肉、魚、蔬菜的萬能刀，實際上是近代以後跟西餐一起從歐美引進的雙刃刀，只要有一把，就能對付大部分食品。所以，我平時最常用的也是二十公分長的文化庖丁。

日本人的廚房裡，菜刀的種類向來不少。看看位於東京日本橋的老字號菜刀店木屋在網路上展開的商品介紹，除了上邊提到過的四種以外，還有章魚刀、河豚刀、鰻魚刀、泥鰍刀、壽司刀（切海苔卷）、麵條刀等等專門用來切特定食材的「和庖丁」即日本式菜刀，以及從西方傳來的麵包刀、水果刀、三文魚刀等等「洋庖丁」。木屋也銷售「中華庖丁」即中國式菜刀。聽說中國家庭的廚房裡始終只有一種菜刀，就能用來對付任何食材，日本人都目瞪口呆，根本想像不到。

其實，在日本人的廚房，種類多的不僅是菜刀，鍋子的花樣也向來可不少：有大中小的鋁鍋（行平鍋）、圓柱形有蓋鍋、天婦羅鍋、壽喜燒鍋、蒸氣鍋、大中小的西式平鍋、中華鍋、壓力鍋等等，輕鬆能數到十多種了。最近也有做西式燉品用的琺瑯鐵鍋、源自北非摩洛哥，具備尖帽形蓋子的塔吉鍋等成功地打進不少日本家庭了。跟中式廚房的簡約主義相比，日本廚房顯得相當雜亂。聽說中國人是只要有個炒菜鍋，就能炒、煎、炸、燒、蒸、燉、煙燻，全都做出來，日本人又一次目瞪口呆，好比窺見了中國五千年歷史背後隱藏的重大祕密。

・櫻肉

同樣的食品，到了不同的地方，會有不同的形象。東京人眼裡的馬肉，基本上是好色男人才吃的補藥之類。

さくらにく

有報導說：歐洲各國賣的牛肉加工食品裡混入著馬肉，引起了消費者的恐慌。掛羊頭賣狗肉式的案件，一方面是辜負了消費者信賴的職業道德問題，另一方面則是觸犯忌諱的文化問題。跟敢吃的法國人不同，英國、美國等國家的伙食文化以保守聞名。尤其，西方狩獵民族之對於馬，有類似於對夥伴的親切感。這回不知不覺之間吃掉了夥伴的肉，他們受的衝擊是容易想像到的。

日本人傳統上不大吃獸肉，一般都說是公元六世紀經中國大陸傳來的佛教禁止殺生的緣故。確實東瀛大規模的畜產業從未隆盛過，然而農民自己飼養的牛馬等家畜最後上桌，或者山地人吃食狩獵到的野獸肉，並沒有遭到嚴厲的禁止，反之算是公開的祕密。雖說公開但還是祕密，因而不敢直呼其名。結果，日本人把馬肉說成櫻肉，把野豬肉說成牡丹肉的習慣一直持續到今天。

平時專門吃海鮮和豆腐蔬菜的日本人，偶爾吃獸肉果然起進補的作用，於是在東京，賣櫻肉、牡丹肉的餐館，歷來都在花街柳巷裡外營業。位於淺草的中江櫻肉鍋店是一九〇五年創業的百年老店，超過八十年歷史的木造樓房被地區政府指定爲文物，不必說吃完飯走五分鐘便到達全日本最有名的紅燈區吉原。

至於牡丹鍋，首屈一指的是兩國國技館（相撲場）附近的MOMONJI屋。這一家的歷史竟可追溯到一七一八年，除了有俗稱「山鯨」的野豬肉以外，還賣俗稱「紅葉」的鹿肉刺身，甚至狗熊肉火鍋。

同樣的食品，到了不同的地方，會有不同的形象。東京人眼裡的馬肉，基本上是好色男人才吃的補藥之類。然而，到了別名叫做日本阿爾卑斯的長野縣，馬肉卻是男女老少都愛吃的主流食品，當地很多餐館都提供馬肉刺身和櫻肉鍋。

有一個夏天，我坐兩個鐘頭的火車去長野縣避暑，在松本火車站附近的專賣店吃了一頓馬肉餐，菜餚花樣很是豐富，味道亦可口。松本是人口約二十五萬的小城市，海拔差不多六百米，有國寶城堡，也有桃花節的雛人形和菖蒲節的武者人形之專賣店集中的高砂通。另外難得的是到處湧出的地下水特別甜，當地人帶瓶子到各公共井口打水去。有山有水的長野縣，以教育水平之高聞名於世。在那裡吃的馬肉料理，給人印象非常乾淨，跟它在東京的形象完全不一樣，更不用說在風波中的歐洲了。

鰻魚世界

即使是我小時候，鰻魚也不曾屬於日本庶民常吃的家常便飯。每年夏天，每逢暑伏丑日，爸爸就買來一人一盒鰻魚飯。

うなぎのせかい

鰻魚已經是日本最貴的食品之一了。一家四口子去一次鰻魚店，先嘗嘗白烤鰻魚沾山葵醬油吃的禪味，然後把一人一盒蒲燒（紅燒）鰻魚飯吃了個痛快，再加上大人喝清酒，小孩子喝橘子汁的費用，就總共要兩萬日圓。這數目，跟四口子去還不錯的法國餐廳，開一瓶紅酒，吃冷盤、熱菜、甜品的費用差不多。雖然難以比較日式鰻魚飯和法國菜哪個帶來的滿足感更大，但是數一數餐桌上出現的食品種類，吃鰻魚飯的場面簡單得多，用餐時間也短得多了。

即使是我小時候，鰻魚也不曾屬於日本庶民常吃的家常便飯。每年夏天，每逢暑伏丑日，爸爸就買來一人一盒鰻魚飯。那是用印著店名的黃色紙張包裝好，上面還用繩子繫成十字形的木製飯盒。一打開，蒲燒鰻魚特有的香味撲鼻而來，醬料滲透的白米飯發亮得特別誘人。一個角落放著幾片黃色醃蘿蔔。先咬一口醃蘿蔔，然後吃一點鰻魚和米飯，接著再咬一口醃蘿蔔，而後又吃一點鰻魚和米飯。無論多麼慢條斯理地享用，過不了十分鐘就吃完整盒鰻魚飯了，心中難免產生戀戀不捨，後會有期的傷感。

逢暑伏丑日吃鰻魚的日本習俗，據說源自十八世紀江戶城頗有名氣的發明家平賀源內。他爲朋友開的鰻魚店，撰寫的廣告文案就說道：今日暑伏丑鰻魚日。此後，奇人源內被稱爲日本頭一名廣告文案家了。不過，吃營養價值和熱量均高的鰻魚進補以防暑熱，似乎很有科學根據。

二十世紀的九〇年代，我住在香港。有一次經過台灣回日本，乘坐的華航班機上，給乘客提供的午餐就是鰻魚飯，味道跟我小時候爸爸買來的便當特別像。那之後，我都盡量坐華航班機。然而，後來連一次都沒碰上鰻魚飯。當時在香港，鰻魚飯和銀鱈魚西京燒是日本料理店很受歡迎的兩種菜式，估計都是魚類中油分多的緣故。唯一叫我想不通的是香港餐館的鰻魚飯始終配著紅薑絲。若有黃色醃蘿蔔片陪著烤鰻魚的話，更像我小時候吃的便當了。至於沒有「肝水」（鰻魚肝清湯）喝，人家又不是專賣店，不能要求那麼多了，雖然吃鰻魚飯喝肝水，確實跟吃烤鴨喝鴨湯一樣，乃老夫妻一般難以分開的傳統搭配。

我結婚後回東京定居，去日本著名的老字號嘗鰻魚的機會增加了。位於東京神田的菊川做的鰻魚飯，一份就用著一條半鰻魚。飯盒裡要擱那麼多鰻魚不夠空間，於是把尾部折成雙重的，保證吃得夠。那家的菜單上還有串燒鰻魚肝、鰻魚燒雞蛋等小菜，每樣都挺特別而且分量多，只得恨自己飯量有限。

太平洋邊靜岡縣濱松市，以當地濱名湖產的鰻魚出名。那裡的專賣店，除了白烤鰻魚、蒲燒鰻魚飯以外，還提供鰻魚泡飯。也就是鰻魚的一魚三吃，可說別有味道。你若去了濱松，不要忘了在新幹線車站買土特產「夜間甜品鰻魚派」，在日本全國都很有名的。

我最近新發現的鰻魚之鄉是長野縣諏訪湖。長野位於日本中部的山區，很多人夏天去避暑，冬天則去滑雪，曾舉辦過冬季奧運會。未料山區還有鰻魚吃。原來，鰻魚在大海下的蛋孵化以後，會經河流移動很長距離的。海拔七百六十米的諏訪湖，因此歷來有從太平洋邊上的濱名湖經天龍川北上來的鰻魚。如今則在海邊抓了魚苗後，運到當地養大的。就是因爲日本山區水質好，所以喝那裡的水長大的鰻魚味道也特別好。在湖邊老字號吃的鰻魚，口感鬆，味道純，値得特地去吃一趟。

記得曾經在荷蘭阿姆斯特丹機場大廳，吃過煙燻鰻魚的開口三明治。在澳門的葡萄牙餐廳，也吃過燒烤鰻魚。有一年在加拿大魁北克省農村上夏季法語班的時候，還聽到當地聖勞倫斯河養殖鰻魚。果然世界很多地方的人都吃鰻魚的。然而，每個地方的鰻魚料理，味道都很不一樣。除了魚的種類和烹調方法不同以外，也許水質不同也是原因之一吧。

在香港、台灣都早受歡迎的鰻魚飯，最近在中國大陸也開始流行起來了。其實，日本人吃的鰻魚，已經很長時間以台灣和大陸產原料爲主。鰻魚是洄游魚，在太平洋某地孵化以後，游幾千公里抵達各地的河流、湖泊的。它本來就是沒有固定國籍的世界魚呢。

沖繩料理

おきなわりょうり

東京街上有不少琉球館子，提供獨特的沖繩菜。其中最著名的campur，如今普遍到東京的公立小學給學童提供的午餐中都時而出現。

今天的日本人好像有兩路祖先。一路是從玻里尼西亞島嶼移居過來的繩文人，另一路則是從中國大陸過來的彌生人。繩文和彌生，本來都是考古學家對古代土器的名稱：表面上用繩子畫了圖案的叫繩文土器，在東京彌生地區最初發掘的叫彌生土器。後來，人類學家把製造了那些土器的古代人稱為繩文人、彌生人，把他們的文化叫做繩文文化、彌生文化了。

繩文文化能追溯到公元前一萬幾千年，到了公元前三百年左右就被彌生文化驅逐了。那恰好是秦始皇統一了中國的年代，而且幾乎同時稻作都從大陸傳播到了日本。於是令人推想：彌生人也許就是傳說中跟徐福一起渡海要找長生不死藥的三千名童男童女。

總的來說，彌生人是現代日本多數人的祖先。一般認爲，日本最北的北海道和最南的沖繩群島才保留著繩文人的子孫。北海道的原住民阿伊努族人，近代以後大多被主流日本人同化，如今註冊爲族人的只有兩萬多而已。相比之下，沖繩人直到十九世紀後葉都有琉球王國，一方面向明清朝廷進貢，另一方面也向日本薩摩藩繳稅，周旋於兩國之間，最後被日本合併了，但是至今仍多多少少保留著獨特的文化。

東京街上有不少琉球館子，提供獨特的沖繩菜。其中最著名的campur，如今普遍到東京的公立小學給學童提供的午餐中都時而出現。這菜的名稱，一聽就不像是日本話，相信源自馬來印尼語中意味著混合的單詞。果然用苦瓜、絲瓜、高麗菜、豆芽、木瓜、老豆腐、麵線等等不同種類的campur，都是把主材料跟豬肉片或午餐肉片、雞蛋等一起炒的。不同於其他地區的日本人，沖繩人不大吃魚，反而愛吃豬肉、牛肉、山羊肉等獸肉。至於爲何沖繩語裡面有馬來印尼語的單詞，恐怕是上世紀前葉去南洋回來的歸僑傳播的。

不過，九州長崎也有個名菜叫做campon，即上面擱了全家福的湯麵，也應該源自南洋的campur。長崎曾在十七、十八世紀是全日本唯一對荷蘭人和中國人開放的貿易港口。當年的荷蘭籍商人是位於巴達維亞（現雅加達）的東印度公司派來的。有歷史學家說，他們在遠東做生意，跟當地人溝通用的是馬來印尼語。那麼，一些南洋詞彙經過他們在日本長崎土著化都並不奇怪。講回琉球王國，則曾以各國之間的中繼貿易聞名，尤其跟今日馬來西亞的馬六甲關係不淺，也許早就吸收了南洋地區的語言和飲食文化。

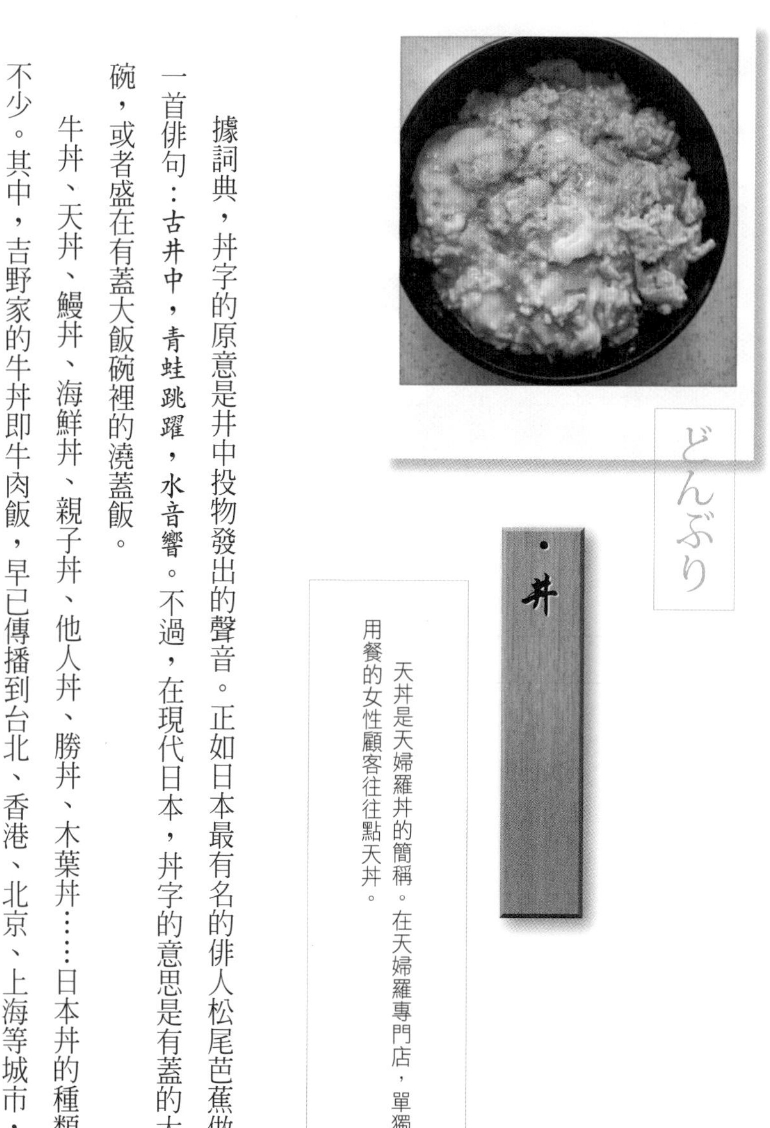

天丼是天婦羅丼的簡稱。在天婦羅專門店，單獨用餐的女性顧客往往點天丼。

據詞典，丼字的原意是井中投物發出的聲音。正如日本最有名的俳人松尾芭蕉做的一首俳句：**古井中，青蛙跳躍，水音響**。不過，在現代日本，丼字的意思是有蓋的大飯碗，或者盛在有蓋大飯碗裡的澆蓋飯。

牛丼、天丼、鰻丼、海鮮丼、親子丼、他人丼、勝丼、木葉丼……日本丼的種類可不少。其中，吉野家的牛丼即牛肉飯，早已傳播到台北、香港、北京、上海等城市，也介紹到美國、菲律賓、馬來西亞、澳大利亞等國家去了。至於其他丼，好像還沒有國際化，仍然在發祥地日本默默地塡著良民老百姓的肚子。

天丼是天婦羅丼的簡稱。在天婦羅專門店，單獨用餐的女性顧客往往點天丼，因爲吃頓飯要花的時間不長。熱騰騰的米飯上，放了剛炸好的蝦、魚、蔬菜等幾種天婦羅，然後再澆醬料而成的天丼，吃起來既可口又有飽足感，尤其那稍甜的醬料特別迎合不喝酒的女性口味。相比之下，在鰻魚專賣店，鰻丼一般是只在中餐時間供應的廉價版本鰻魚飯。壽司店的海鮮丼也處於相似的狀況。其他丼類，如親子丼、他人丼、木葉丼、勝丼等，則基本上是蕎麥麵條店的菜單上出現的品種。

東京的蕎麥麵條店歷來擔任日式快餐店的角色，即勞動人民在工作時間裡抽點空閒出來，匆匆吃完一碗麵條或者澆蓋飯，拍拍屁股就走的那種館子。

親子丼的內容，除了米飯就是雞肉和雞蛋。如果把雞肉換成了牛肉或者豬肉，跟雞蛋之間的血緣關係消失，名稱也要變成他人丼了。木葉丼則是把親子丼裡的雞肉用魚糕來代替的，切成片的魚糕看起來不無像樹葉。不過，樹葉也是傳說中迷人的狐狸們常使的變戲法道具；本來期待吃肉的人，開動後發現，看起來像肉片的東西原來是魚糕，可能會有給狐狸迷上了一般的感覺吧，因而稱爲木葉丼也說不定的。勝丼則是日本男孩子最喜愛的簡餐。把裹上了麵包粉的排骨肉油炸以後切成小塊，在醬料裡跟洋蔥片一起煮片刻，最後澆蓋散雞蛋，放在米飯上的。

日本中餐館菜單上也偶爾出現中華丼、天津丼等中式蓋飯，前者是戴上了全家福，後者則是戴上了芙蓉蟹的。有一種夏威夷菜叫locomoco，乃在白米飯上放了漢堡肉餅和煎雞蛋後澆蓋肉汁而成的，傳到日本來以後，自然被稱爲locomoco丼。不過，也有學者說：它最初是日本移民井上夫人創始的夏威夷式日本菜。那麼傳到東瀛算是衣錦還鄉了。

てつのたい

鐵鯛魚

我家廚房有兩隻鐵鯛魚，一隻通年都在泡菜缸裡，另一隻則在年底煮傳統年飯之一黑豆時候放在鍋裡的。為什麼把鐵塊放在泡菜缸和煮黑豆的鍋裡呢？

我說鐵鯛魚，即使在日本都甚少有人知道。可是，擁有它，用過它的人，一定對它情有獨鍾，因爲它實在管用。鐵鯛魚是全長八公分，一百二十三克重，用鑄鐵做的鯛魚。其實形狀並不重要，本質在於材料：容易生鏽的鑄鐵。

我家廚房有兩隻鐵鯛魚，一隻通年都在泡菜缸裡，另一隻則在年底煮傳統年飯之一黑豆時候放在鍋裡的。爲什麼把鐵塊放在泡菜缸和煮黑豆的鍋裡呢？因爲鑄鐵生的鏽跟茄子的紫色素、黑豆的黑色素結合在一起，會使做好的菜顯得好看。

日本家庭做的鹹菜，以糠漬爲主，乃把米糠與鹽和在一起做糠床，把應時的蔬菜放進去的。蘿蔔、蕪菁、高麗菜等等，統統都可以用來做糠漬，其中夏天的黃瓜和茄子算是皇帝皇后。七月八月的黃瓜既便宜又可口，本來就可以直接吃的，在糠床裡醃的時間無論是長還是短，結果一定不會錯。可是，茄子呢，把生的直接吃也沒有多少味道，經過不同方式的料理，才演變成美味的。傳統日本菜裡有烤茄子、油炸茄子等菜式，另外糠漬也頗受歡迎。醃過的茄子會呈絳紫色，日語稱之爲「茄子紺（なすこん）」。

記得小時候暑假裡的下午，在廚房做事的姥姥，從泡菜缸裡把剛醃好的茄子拿出來洗一洗，整個地給我當零食吃。我長大後都忘不了那香味。於是自己成家以後，開始學姥姥做糠漬了。可是，好奇怪，本來呈美麗紫色的茄子，當我從缸裡拿出來之際，大部分色素移到糠床上去，水洗後的茄子則變爲草綠色，多少失去了吸引力。查查食譜，都說先把茄子放在明礬水中，或者把生過鏽的鐵釘放進糠漬裡，才能保持「茄子紺」。但是，家裡沒有明礬也沒有生鏽的鐵釘，可怎麼辦？

每年十二月三十日，我都要煮一鍋黑豆。因爲「豆」字的日語讀音（まめ）跟「忠實」是諧音，黑色又代表勤勞到曬黑，總之在日本家庭元旦吃的年飯中，黑豆是不可缺

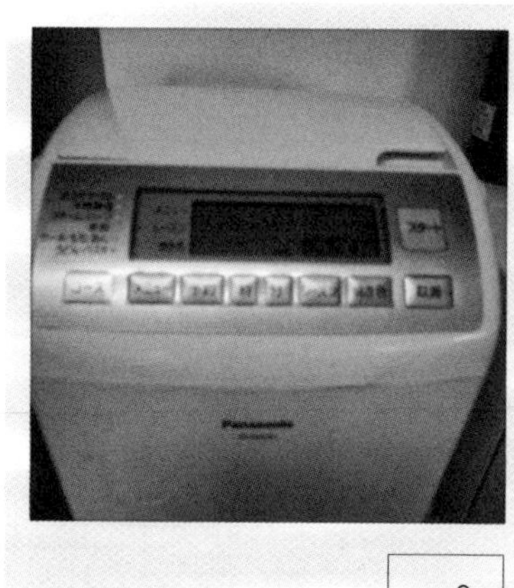

パンやきき

麵包機

我在中國有幾次被請到當地朋友家去，大家一起做餃子吃過。把剛和好的新鮮白麵做成水餃吃，乃畢生忘不了的口福之一。

一年前買了麵包機以後，甚少吃外頭商店賣的麵包了。負責做早餐的老公，一週幾次睡覺之前把麵粉、發粉、鹽等放進機器裡，第二天早晨六點鐘就聽到它發出的信號：熱騰騰的麵包可以出爐了。無論是自家製的英國麵包還是法國麵包，味道一點都不亞於外頭商店的。一來材料踏實，二來機器性能好，再加上剛出爐就上桌，怎麼也錯不了。

新上市的家用電器如此直接地改善生活品質，對日本人來說，是好久沒有過的。曾經一九六〇、七〇年代，日本的家用電器公司差不多每年都推出或從外國引進新概念產品：電鍋、冰箱、微波爐、烘衣機等等。可是後來，該有的都有了，新上市的商品則全跟電腦或通訊有關。至於家庭的衣食住行，似乎沒有了進步的餘地。

這時候出現了麵包機。從此麵包也跟米飯一樣，能在家裡吃到剛做好熱騰騰的了。再說，如今的麵包機有多種功能。除了擔任製作麵包的全部工程以外，還能用來做其他麵食。比如說，餃子皮，以前自己要和麵，廚房裡到處都是麵粉；現在給麵包機承包這一活兒，廚房裡乾乾淨淨，我的工作就從擀麵開始。又比如說，做披薩或者義大利千層麵，都能夠省掉一半的活兒了。

跟義大利菜、中國菜相比，傳統日本菜中麵食的花樣少得可憐。二十世紀中葉，從中國大陸傳來的餃子一下子席捲了日本全國。可是因爲不會家裡擀麵，非得用從商店買來的皮兒，做出來的餃子味道難免差一點，令人覺得：還不如上館子吃。於是日本全國出現了好幾處以餃子店鱗次櫛比而聞名的「餃子之鄉」，例如：福島市、宇都宮市、東京蒲田、川崎市、靜岡市、濱松市等等。這些地方的特產餃子，幾乎無例外是煎餃；中國北方式的水餃，在日本至今仍鮮爲人知。

我在中國有幾次被請到當地朋友家去，大家一起做餃子吃過。把剛和好的新鮮白麵做成水餃吃，乃畢生忘不了的口福之一。只是回國後一個人要擔任全部過程，心有餘而力不足。幸好如今有了麵包機。除夕夜，我就以它爲助手，包了一百個餃子，其中兩粒含著代替金幣的栗子，誰吃到就是誰中彩。結果，兩粒都到了正應考高中的兒子盤上去，引出了他一聲：好兆頭。一年裡最後一頓飯吃得喜氣洋洋，多少歸功於麵包機了。

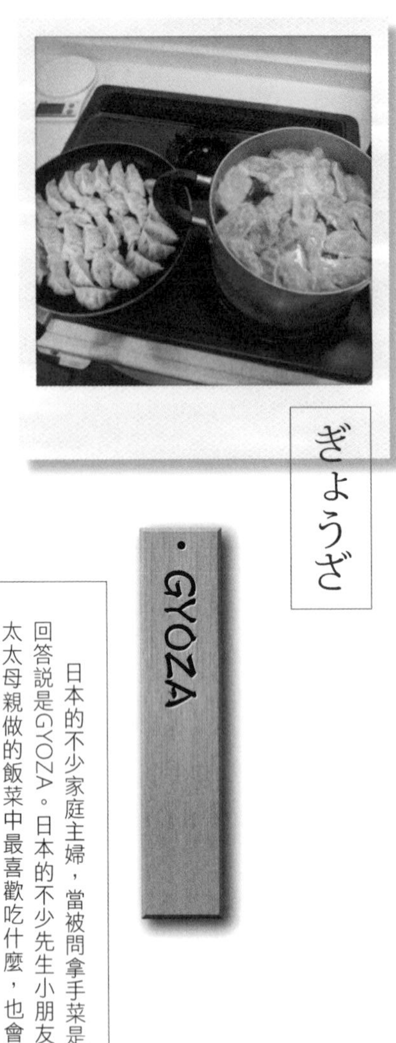

日本的不少家庭主婦，當被問拿手菜是什麼，會回答說是GYOZA。日本的不少先生小朋友，當被問太太母親做的飯菜中最喜歡吃什麼，也會回答說是GYOZA。

GYOZA是餃子的日本發音。二十世紀中葉，餃子從中國大陸傳播到日本來，人們就開始叫它爲GYOZA了。當年在東北的漢人中，山東人占的比例偏高，結果當地日本人聽到的漢語也主要是山東方言。廣大日本人並不知其所以然，就以爲餃子兩個漢字應該唸成GYOZA的。也就是說，一億三千萬日本人無意間學起了山東人的發音。

日本人說GYOZA，一般就指鍋貼。最常見的餡兒是豬肉和洋白菜（捲心菜、高麗菜），再加點蒜頭的。在平鍋裡煎好的鍋貼，蘸著醬油、白醋、辣油吃，普遍被認爲是頂好的下酒菜。

此間最大的連鎖型餃子餐廳「餃子之王將」一九六七年創業於京都，今天在日本全國共有六百多家分店了。雖然說「王將」是非常著名的餃子專賣店，但是看他們的菜單，餃子的花樣始終只有一種鍋貼而已。既沒有水餃、蒸餃、炸餃，又沒有素的、羊肉的、牛肉的、三鮮的。忠實的東瀛顧客們，仍然從麵類、飯類單子上選擇了日式拉麵、炒麵、炒飯、白飯等主食以後，再要一人一盤六粒的鍋貼當副食吃得高高興興。若是愛喝啤酒的，則先邊喝冰涼的啤酒邊吃一盤熱騰騰的鍋貼，最後要一碗湯麵吃個飽。總之，在日本人心目中，餃子永遠屬於肉類菜餚，連想像都想像不到在發祥地卻被視爲一種主食。

日本人對GYOZA鍾情的程度，可說達到偏愛的水平。全日本有好幾個著名的「餃子鄉」，如宇都宮、濱松、川崎等等。人口五十萬的宇都宮市有兩百家餃子專賣店，火車站廣場裡有擬人化的餃子像。人口八十萬的濱松市則有三百家餐廳供應餃子。來自千葉縣的「白餃子（WHITE GYOZA）」也名氣不小，如今分布於全國各地的分店有二十九家，把大型厚皮的餃子用大量油煎熟的樣子，看起來有點像上海街頭賣的生煎包。據說，「白餃子」的「白」是一位中國師傅的姓氏，日本徒弟回國開館子時候借用了師傅姓氏的。

日本的不少家庭主婦，當被問拿手菜是什麼，會回答說是GYOZA。日本的不少先生小朋友，當被問太太母親做的飯菜中最喜歡吃什麼，也會回答說是GYOZA。只是，日本主婦是買來現成皮兒包的餃子，因爲擀麵技術從未普及到日本家庭來。儘管如此，跟超市賣的冷凍餃子相比，媽媽親手包的餃子還是充滿著自家製食品才有的溫暖。猶如媽媽買來烤好的蛋糕，上面用鮮奶油裝飾起來，就成爲自家製的生日蛋糕一樣。

かつおだし

鰹出汁

相比之下，日本湯水簡直是速食品。在小鍋裡燒開了白水，就投入一把柴魚並熄火，等五分鐘乾魚片沉澱了，馬上用笊籬過濾，留下的「鰹出汁」相當於中餐中的高湯。

有一次在從東京飛往香港的班機上，旁邊位子的華人先生問我：「日本菜是否只有一種湯？」我明白他指的是味噌湯，確實在日本餐廳或者旅館提供的套餐、自助餐裡，一定出現那類湯水的。「說只有一種，也許太誇張了」，我開始給他解釋。

「日本菜的湯水，主要能分成味噌湯和清湯兩種。味噌湯亦可分成用柴魚即鰹魚乾提取原湯的，和用小沙丁魚乾提取原湯的。另外，味噌的種類也有好幾種：長野縣產的信州味噌、宮城縣產的仙台味噌、名古屋產的八丁味噌、京都產的白味噌等。東日本的味噌一般都用黃豆和大米麴子做，西日本的倒多用麥類麴子做的，導致各地產的味噌有不同的味道。最後，湯水裡放的菜也是五花八門的了。除了最基本的豆腐塊加裙帶菜或者炸豆腐加大蔥段的以外，還有放了蘿蔔絲、應時青菜、馬鈴薯或芋頭、蛤仔等貝類、各種蘑菇的，甚至也有放入了豬肉片的所謂豚汁。」

那位先生聽完了我的解釋，仍然是不以爲然的樣子。我很理解。因爲他是香港人，而香港大概是全世界湯水種類最多的地方吧。廣東人熬起湯來實在有辦法有激情，什麼山珍海味中藥乾果都成爲湯料，而且有熬湯專用的紫砂煲，用來熬上兩三個鐘頭並不算出奇。

相比之下，日本湯水簡直是速食品。在小鍋裡燒開了白水，就投入一把柴魚並熄火，等五分鐘乾魚片沉澱了，馬上用笊籬過濾，留下的「鰹出汁」相當於中餐中的高湯。在那水裡煮一煮不同的蔬菜等，最後把味噌溶入，總共不到十五分鐘，一鍋湯水就完成了。日本人喝得很開心，但不一定能贏得香港人的贊同吧。

過去幾十年的日本家庭，沒有保母都能勉強經營過來，一個因素是不必家裡煲湯。我住在香港的時候，偶爾被請到中產階級雙薪家庭吃飯去，廚房裡一定有菲律賓籍傭人。上餐桌的湯水是主人出外忙工作的時候，傭人看著菲文食譜熬的。好不好吃很難說，關鍵在於香港人認爲非得熬湯喝不可，否則難以保持身體健康。

也記得在加拿大，我請過幾個當地朋友來吃飯。那晚的主菜是壽喜燒，乃在電鍋裡邊煮牛肉、蔬菜、豆腐等邊吃的。未料，北美人不習慣吃火鍋；一來他們嫌自己得動手，二來怕調味料裡除了醬油和砂糖以外還有原汁柴魚湯。「鰹魚湯？Bonito fish stock? 恐怕我吃不下，一定很腥吧？」一位中年先生的臉上顯出了恐懼的表情，叫我牢牢記住教訓了：百里不同湯。

くじらのあじ

鯨魚之味

對日本年輕人來說，越來越陌生的鯨魚肉，對老一輩人來說卻有懷舊的價值。

日本人吃鯨魚肉的習俗，受外國環保人士的批評很多年了。實際上，東京一般商店早就不賣鯨魚肉。如今多半日本人從來沒吃過棲息於海中的大型哺乳類肉了。

講到鯨魚肉，一九六〇年代出生的我們這一輩人，都會想起小學提供的午餐裡，曾經常出現的油炸鯨魚肉。當時的日本社會還相當貧困，豬肉牛肉都不常吃到。相對而言，鯨魚肉的價錢便宜，於是作爲豬呀牛呀的代替物，把鯨魚肉片在薑味醬油裡泡一泡使腥味減少後，抹上澱粉油炸給學童吃的。那種料理法日語叫做「龍田揚」，因爲肉的紅色和澱粉的白色相摻雜的樣子彷彿奈良名勝龍田川，秋季裡流水表面漂浮著紅葉的模樣。雖然名字聽起來很美麗，可是當我們在教室裡一同吃的時候，油炸鯨魚肉早已變冷，硬得咀嚼多少次都嚼不斷，簡直跟鞋底沒兩樣了。總之，大家對鯨魚肉沒有好的記憶。另一方面，大阪長大的老公說，他小時候母親做的關東煮裡一定有俗稱「咕嚕」的鯨魚肥肉塊，乃至今難忘的美味。當時的大阪也有俗稱「玻璃玻璃鍋」的鯨魚肉火鍋，都已經從市面上消失很多年了。

前陣子，從中國到日本自由旅行的朋友，周遊了大阪南方的紀伊半島後，來東京我家作客。他說：在太平洋岸上的新宮市上了一家館子，那裡的顧客都吃著一種刺身，於是指手畫腳自己也要了一盤，吃起來不像是魚肉，反而像牛肉的，究竟是什麼東西？我看了看他拍下的畫像，果然是猩紅色的生肉片，可斷定：要麼是馬肉或者是鯨魚肉，考慮到地點，鯨魚肉的可能性最高，因爲紀伊半島漁村有捕鯨魚的傳統。

今天在東京，要嘗嘗鯨魚肉，只好去幾家老字號餐館了。有一次，我到淺草寺附近的駒形泥鰍店吃火鍋去，發現菜單上有幾樣鯨魚菜。據說，十九世紀初，該餐廳的第二代老闆想到：既然提供魚類中最小的泥鰍，同時提供魚類中最大的鯨魚也會有趣吧？於是從大阪引進鯨魚肉來，開始做刺身、火鍋、「龍田揚」等賣的。事到如今，大部分鯨魚受國際條約保護，只有以調查爲目的捕獲的少量鯨魚肉流通於市場上。因爲供給量有限，價錢也不比豬肉牛肉便宜了，至於味道，雖然不錯，但也不至於非吃不可。

對日本年輕人來說，越來越陌生的鯨魚肉，對老一輩人來說卻有懷舊的價值。有旅行社針對他們策劃了特地老遠去冰島觀光並嘗嘗當地產鯨魚肉的旅遊團。果然好多名老人家不怕價錢昂貴還踴躍報名，包括將近八十歲的我母親。從豬牛的代替物到美味旅遊的焦點，鯨魚肉的身價在半世紀內不知翻了多少番。

．和牛問題

わぎゅうもんだい

和牛是沒有瘦肉的，而日本市面上賣的牛瘦肉幾乎清一色是進口貨。但如今的消費者一方面要吃得健康，另一方面也要吃來路分明的當地產品。

和牛的和是大和的和，和牛就是日本牛的意思了。這類牛肉的價錢世界最貴，因爲它的品質世界最好。不過，日本產的牛肉並不全是和牛。東京鮮肉店賣的牛肉是分三種的：第一種是和牛，第二種是國產牛，第三種是進口牛。第一種才是全球名牌食用牛肉。第二種雖然也生產於日本，但本來爲養來榨牛奶的乳牛，上了年紀給屠宰而賣其肉時用的名稱就是國產牛。至於第三種的進口牛，前些時候還以澳洲產爲主，後來解禁進口美國牛肉，一下子給US beef 壟斷了市場。

講到用和牛肉的料理，首先有SUKIYAKI（壽喜燒），其次有SHABUSHABU（呷哺呷哺）。SUKIYAKI用日本漢字寫下來便是「鋤燒」，乃當初在野外把農具槳狀鍬當鍋子，燒烤海鮮或禽類肉吃的菜式。十九世紀中期，在神戶、橫濱等開放港口居住的西方人把吃牛肉的習慣引進過來，從此「鋤燒」的材料改爲牛肉，廚具則用起鐵鍋，並且讓客人在房間裡坐著享用，久而久之發展成日本有代表性的菜式之一了。漢語文章裡偶爾看到把SUKIYAKI寫成「雞素燒」的，顯然有誤導讀者之嫌。相對來講，寫成「壽喜燒」還算恰當，因爲這類菜式價錢貴，在日本向來屬於高級飯菜，一般是過年過節過生日或者招待客人才吃的。

至於SHABUSHABU，就是日本式的涮牛肉火鍋，應該是中國北方的涮羊肉渡海傳播到東瀛以後演變而成的。在日本，一九六〇年代才流行起來，過去二十年其勢頭之猛壓倒了「壽喜燒」。菜名SHABUSHABU本來是一種擬聲詞，乃用筷子挾起肉片來在湯水裡涮涮時候發出的聲音，換句話說，不外是「涮涮」的音譯兼意譯。於是，幾年前，我在北京看到「呷哺呷哺」的標記，一時難免有被狐狸迷住一般的感覺。日本人曾經把中文「涮涮」譯成了「SHABUSHABU」，如今中國人又把它音譯爲「呷哺呷哺」了。

肥瘦參半呈大理石狀花紋的和牛肉，涮涮後沾芝麻醬吃實在可口。不過，要做鐵板燒牛排的話，和牛不一定是最好的選擇，因爲肉質太肥價錢太貴。說起來都有點奇怪，和牛是沒有瘦肉的，而日本市面上賣的牛瘦肉幾乎清一色是進口貨。但如今的消費者一方面要吃得健康，另一方面也要吃來路分明的當地產品。日本畜牛業產生了肥嫩的和牛，雖說毫無疑問是大成就，然而事到如今消費者更傾向於瘦肉。可怎麼辦？

歡迎來到東京食堂
日夜食堂

しんやしょくどう

在日本，食堂一詞至今沒死。我們仍把學生食堂叫做學生食堂，把教職員食堂叫做教職員食堂。另外，街上的小館子，我們也稱為大眾食堂。

在台灣出書，編輯幫我改改大陸味過重的詞彙。沒辦法，我畢竟是在中國大陸學的中文，跟台灣人用詞習慣不完全相同。有一次，她把我文章裡的食堂一詞一個一個地改爲餐廳。我不以爲然，問了她：到底爲什麼？編輯說：食堂是古語，只有在五四文學如魯迅小說裡才會出現，現代人則都用餐廳一詞了。我追問：那麼，學生食堂呢？教職員食堂呢？她回答道：就叫學生餐廳，教職員餐廳。

在日本，食堂一詞至今沒死。我們仍把學生食堂叫做學生食堂，把教職員食堂叫做教職員食堂。另外，街上的小館子，我們也稱爲大眾食堂。不過，深夜食堂這一詞，我最初是在雜誌封面上看到的，具體來說是《dancyu》月刊的二〇一一年十月號上。

《dancyu》這刊名，用漢字寫來便是《男廚》，是份針對男性讀者的飲食專刊。那一期的專題介紹深夜裡營業的東京食肆，以及合夜貓子口味的宵夜食譜。我原來不知道，成人漫畫雜誌《Big Comic Original》上自從二〇〇六年起連載的安倍夜郎作品《深夜食堂》坊間口碑頂好，不僅獲得了日本漫畫家協會大獎，而且於二〇〇九年拍成電視劇，由日本各地的電視台在深夜裡播放而引起了全國觀眾的大力支持。

然後，二〇一二年的三月份，我去中國出差，在上海碰到了一個年輕記者特別喜歡《深夜食堂》。他非常熱心地問我：日語裡的食堂是什麼意思？東京眞有那樣的深夜食堂嗎？當時我對《dancyu》的專題還印象深刻，給他講了雜誌上介紹的幾家食堂的情形。不過，我本人向來不看漫畫、電視劇。直到最近，才在從歐洲回來的飛機上，百無聊賴之餘，看看各國的電視節目，發現其中有《深夜食堂》中的一集。

那是第十一回的〈紅色香腸〉。未料，戴上耳機開始看，我不久就忍不住哭起來了，因爲廉價的紅色香腸是我們小時候曾酷愛的寶貝食物，尤其是去遠足帶上的便當裡，若有媽媽切成小章魚形狀的紅色香腸的話，多麼令人興奮高興！原來，虛構的深夜食堂裡，寡言的老闆供應的是一盤一盤刺激觀眾鄉愁的家常便飯。章魚形紅色香腸或者甜味炒雞蛋等，絕不會在高級餐廳的菜單上出現，只有食堂老闆才會私下做給你吃。深夜吃昔日的家常菜，與其說塡肚子，倒不如說滋潤枯乾的都會人心腸了。

上海的年輕記者之所以那麼地著迷於《深夜食堂》，大概一個原因是他生活的城市裡不存在類似的食肆。中國有百貨公司、超級市場、便利商店不在話下，哪個世界名牌的門市部都早已開了很多家。但是，在鬧區的後巷，也就是日語所謂的橫町裡，小小的酒館或飯館密密麻麻鱗次櫛比的場景呢？這恐怕是跟土地所有權有關的話題了。

《深夜食堂》的背景是新宿黃金街。這條街的歷史追溯到第二次世界大戰末期，東京遭受美軍空襲而成了廢墟的時候。一九四五年八月十五號日本投降，舊政權崩潰，有個叫和田組的幫派就乘權力空白霸占了一時無主的大片土地，在今日新宿火車站東南邊開設了大規模的露天市場。後來，隨著經濟復甦，當局要重修火車站廣場，作爲代替地把今天的黃金街一帶交給了和田組。如今在這塊土地上有差不多一百家酒吧，都是十到十五平方米的小店，吧檯邊的位子只有幾個而已。相對而言，《深夜食堂》裡的飯館有匚字形的櫃檯，能坐上十來個客人，算是比較大的。

一九八〇年代末，日本冒起經濟泡沫，東京的每片土地都被炒到天價去了。有人要把整個黃金街都買下來轉售。然而，最初和田組一手擁有的土地，在後來的四十年裡，由越來越多人部分所有，直到有些酒吧的老闆跟二房東、三房東甚至四房東租賃房子，卻根本不知道眞正的地主是誰。地產商方面，即使得憑實力都要爭取土地，顯然送進拆遷隊來了。那一段時間裡，附近頻頻發生失火案件，迫使不少酒吧老闆害怕起來搬走了。誰料到，日本的經濟泡沫很快就破裂，黃金街倖存下來了。

東京西部的商業區吉祥寺的口琴橫町也有類似的歷史。位於中央線車站北對面，又是一個黑市場舊址上，有上百家小餐廳、小商店、小酒吧等，日夜吸引著許多顧客。那裡的土地所有權屬於當地佛教寺院，使用權則被轉讓來轉讓去，想一口氣拆掉而翻新也不可能，只好保留從前的香港九龍城寨般的迷宮結構了。前幾年，有個企業家買下了十家小店的土地使用權，把白天和晚上的營業權分開讓給了不同年輕老闆。一家印度咖哩屋店鋪小到只有四個位子，而到了晚上就變成別人經營的非洲餐館。這些小店的老闆沒有土地也沒有大資本，但是一定很有個性。換句話說，就是土地所有權的糾纏不清才讓他們成為現實版《深夜食堂》主人翁的。

しんじゅくてんぷらや

新宿天婦羅屋

天婦羅，又寫天麩羅，日文讀音是「甜不辣」，不過台灣等地說的「甜不辣」是油炸魚餅，即東京所謂的「薩摩揚」。

星期天下午跟母親約在新宿見面，和我家四口子一起買東西以後，到附近天婦羅店吃飯去。因爲兒子剛考上了第一志願的高中，他姥姥要慶賀外孫學業有成，作爲獎勵給他買件禮物。至於禮物的內容，早就說好是四月初的入學式上能穿的西裝，購買地點則爲新宿伊勢丹。

新宿伊勢丹是全日本營業額最大的百貨公司。一九三三年於新宿三丁目開張的裝飾風藝術設計的店鋪，經裝修至今使用，被東京都政府指定爲歷史建築了。再說，伊勢丹男裝部素有「日本男裝聖地」的外號。去市中心既有歷史又有地位的大商店選購禮物，我以爲會是歡喜快樂的一次經驗。未料，郊區長大的十五歲少男表示，他不習慣如此時髦的地方。結果禮物沒買成，吃飯還是要吃的。

走進百貨公司對面的小巷，很快就見到左右兩家老字號天婦羅店。右邊的船橋屋是百年老店，左邊的綱八則剛過了八十八週年店慶。兩家我都去過，都很不錯。這天選擇綱八是老公查了網路上的最新口碑後做的決定。

剛剛五點鐘，店裡已坐滿了顧客。我們坐在入口邊的凳子稍等，五分鐘後被店員帶領到二樓角落的席位了。去天婦羅店吃飯的樂趣，本來包括坐在類似於壽司吧的櫃檯位子，邊看廚師的手藝邊吃食。可是，我母親年紀大耳朵有點聾，坐了吧檯邊很難跟她講話，於是特意要了桌椅席。店裡另外還有日式房間的榻榻米席位。

天婦羅，又寫天麩羅，日文讀音是「甜不辣」，不過台灣等地說的「甜不辣」是油炸魚餅，即東京所謂的「薩摩揚」。天婦羅是裹上麵衣油炸的海鮮和蔬菜，據說起源於十六世紀的耶穌會士傳播過來的葡萄牙菜。雖然做法不複雜，外脆裡嫩的口感是去了專賣店才能嘗到的滋味。專家懂得調麵衣（聽說用冰塊調），每天從全世界最大的築地批發市場買進材料，並用大量的新鮮食油烹飪，結果跟家裡做的天婦羅等級就不一樣了。

這天的套餐包括中蝦、小蝦、穴子（星鰻）、蓮藕等的天婦羅，以及米飯、蜆貝味噌湯和鹹菜。老人家吃得很飽，我們夫妻也差不多了。相比之下，十五歲和十一歲的兄妹飯量最大。於是給他們加點了蛋黃天婦羅和帶殼蛤蜊的天婦羅。如果肚子裡還有餘地的話，綱八也提供冰淇淋天婦羅當甜品。吃了這麼多油炸食品，奇蹟般地沒有燒心的感覺。雖然購物沒成功，吃飯成績卻不差。

ときそば

時蕎麥

時蕎麥的店名，日本人看了都知道是取自著名的落語節目。那是以公元十七、十八世紀的東京為背景的小故事。

我每週三次上大學，其中至少一次跟同事們一起去時蕎麥吃午飯。那是一家不大不小的蕎麥麵館，桌椅座席位和榻榻米座席位加起來，能容納五十個人左右。位於交通量較大的府中街道邊，具備著能泊十來輛汽車的停車場，很多開車族順便停下來吃便飯。

中午的時蕎麥，多半的顧客點「是日套餐」吃。在長方形的托盤上，除了由你任選的冷麵或者熱湯麵以外，還有陶瓷碗裝的海鮮丼、漆器碗盛的味噌蜆湯、蛋白蛋黃都正熟到一半的溫泉蛋，以及合菜沙拉，價錢八百四十日圓可說相當合理。

海鮮丼是壽司米飯上面擱著生鮪魚、生鮭魚、蒸章魚等幾種魚片的，自有一定的吸引力。問題是套餐裡另外還有蕎麥麵，主食是否過多了？一方面有卡路里太高會發胖的憂慮，另一方面也有不知該以什麼順序吃下去的頭疼。是把蕎麥冷麵當作前菜？還是把海鮮丼當作冷盤？無論先吃什麼後吃什麼，最後拿掉味噌蜆湯的上漆碗蓋以前，我都已經吃飽了，心裡不能不埋怨店方在一份套餐裡硬塞了兩種主食。當然，由飯量大的年輕人看來，情景就完全不同了。他們會感激時蕎麥的老闆很慷慨。

時蕎麥的店名，日本人看了都知道是取自著名的落語節目。那是以公元十七、十八世紀的東京爲背景的小故事。現在的東京當時叫江戶，乃一六〇三年德川家康開了幕府後才發展起來的新興城市。居民中從全國各地來的單身漢占多數，爲服務他們，街頭有各種攤子賣吃的。某一天的曉九刻（午夜），一個精明的小夥子吃了一份十六文錢的蕎麥麵。吃完後，他把一文硬幣一個個數著付給老闆，數到八文的時候，若無其事地問道：現在幾刻了？當老闆回答說：九刻，小夥子就從十起繼續數下去，結果少付了一文錢。有個傻瓜在旁邊看著很佩服那精明的小夥子。改天他也要做一樣的把戲，但是傻瓜畢竟是傻瓜，弄錯了時間，宵四刻（晚上十點）就出來吃麵。他吃完要買單，數到八文

能登屋

のとや

能登屋的午飯套餐有五種：油炸豬排套餐、薑味肉片套餐、味噌鯖魚套餐、生鮪魚山藥泥套餐，以及每天更換的「是日套餐」。

日本的個人商店，有不少是把老闆故鄉的地名當字號的。我家附近有一家酒店叫近江屋。果然，老闆是近江，即離京都不遠的大湖泊琵琶湖的所在地滋賀縣出身的。也有和菓子店叫伊勢屋，不問都知道老闆來自伊勢神宮的所在地三重縣。我任職的大學附近則有個小飯館叫能登屋，也應該是老闆家族出身於日本海邊的能登半島。

能登屋是一家日本料理店。不過，我都是跟同事們一起去吃午飯的，只吃過他們的午餐而已。能登屋的午飯套餐有五種：油炸豬排套餐、薑味肉片套餐、味噌鯖魚套餐、生鮪魚山藥泥套餐，以及每天更換的「是日套餐」。除了主菜以外，套餐還包括白米飯、味噌湯、鹹菜和一種副菜如燒豆腐。同事們都是男性，個個都愛吃油炸豬排、薑味肉片等熱量偏高的菜餚。如果當天的「是日套餐」以油炸漢堡為主菜，他們也會點那個來換換口味，叫我覺得不可思議：怎麼男人到了中年都不怕發胖的，除了損形象以外，對健康也有害嘛。至於我，在外頭吃飯總是擔心卡路里會不會太高，所以去了能登屋，除非「是日套餐」的主菜是鹽燒秋刀魚等健康食品，都點味噌鯖魚套餐吃，就是因為它的熱量應該最低。另外，我也不忘記告訴店員說：米飯半碗就行。

屬於石川縣的能登半島，是我十五歲的秋天第一次去單獨旅行的地方。從美麗的古都金澤，坐電車、巴士訪問了幾個小鎮。其中有輪島市，乃盛產高級漆器聞名全國的地方。到了當地才知道，每天早上在戶外舉行的市集「朝市」規模很大，吸引許多人。在長達三百米的小路兩邊，擺起約兩百個攤子，賣著各種商品。最搶眼的是賣海鮮的攤子，在附近海域釣上的多種鮮魚包括不同種類的河豚、海螺、螃蟹、鮑魚、魚卵、海藻等等，還有當地民家手工做的乾魚、魚露、鹹魚等。

記得當年走著「朝市」，我恨不得買幾種海鮮帶回家吃。如果是今天，估計用冷藏包裹寄回去也可能了。可惜，當時宅配服務還沒那麼普及，再說十五歲的中學生也不大懂如何料理各類食材才最好吃。

因為多年前去輪島「朝市」的記憶猶新，每到學校附近的能登屋，我都不能不感到失望：既然以海鮮王國的地名為招牌，怎麼天天推出的午餐中，只有冷凍的鯖魚和只好弄成魚泥吃的低次等鮪魚，卻從來沒有由產地直接運過來的高檔海鮮呢？我知道，當然是為了壓制成本了，可心中還是非常想念當時只看而沒吃到的頂級海味。

・山貓亭

やまねこてい

我這些年都越來越覺得：做好吃的日本菜，首先需要優質的水。

我曾在中國和北美漂泊了共十多年，剛回到日本定居的時候，對一件事情很不以爲然：日本美味，爲什麼越高級越呈水的味道呢？

比如說，日本清酒。等級最高的大吟釀，喝起來既沒有米味又沒有麴味，簡直像泉水似的。所以，著名的大米產地新潟縣有一種大吟釀酒品牌叫做「上善如水」。又比如說，冰淇淋。用牛奶和砂糖做的冰果，怎麼會有水的味道？我都不懂。總之，東京街上最受歡迎的冰淇淋，吃完以後的口中餘味又是「上善如水」。還有巧克力。日本甜品店每逢二月十四日情人節出售的「生巧克力」，一小粒賣幾百日圓，吃起來也主要是水的味道。

後來我看到一本書叫做《火的料理，水的料理》才忽然想通。作者木村春子是研究中國菜的日本專家。她說：中國菜是「火的料理」，日本菜則是「水的料理」。島國日本不僅飲料水豐富，而且水質也很好；泉水、井水、自來水都可以直接喝的，因此產生了把食材洗乾淨後，切成小片就吃的刺身等菜餚。

相比之下，大陸國家的水，一般都是先沸騰消毒後才能喝的。於是中國菜和西方菜，烹飪的重點都在於加熱。

聽起來很有道理吧？我這些年都越來越覺得：做好吃的日本菜，首先需要優質的水。比如說，日本人愛吃的蕎麥冷麵，乃把蕎麥麵條煮熟後，放入流水中沖一下，盛在笸籮上，用筷子拿起一點來沾醬料吃的。如此簡單的菜式，做得好吃不好吃，其實在很大程度上靠著流水的品質。

我喜歡去日本中部的長野縣下諏訪，當地湧出大量溫泉水，據說每分鐘的湧出量達五千一百公升。除了商業旅館和一般家庭都有一扭水龍頭就噴出溫泉水來的管道以外，每條小路上設置的洗手盆裡，也有天天二十四個小時不停地流出來的溫泉水。雖說是人口才兩萬多的小鎮，下諏訪給人的印象很富有。自古作爲街道驛站發展過來，曾招待過許多名人，一個因素是豐富優質的溫泉水給旅客提供理想的休閒環境。另一個因素，則是用豐富的水泡的茶水，洗淨的蕎麥麵條等，都是與眾不同的美味。

諏訪神社對面的山貓亭是我家常去的蕎麥麵店。再簡單不過的冷麵都異常好吃。店名該是取自著名的童話作家宮澤賢治（一八九六～一九三三）寫的《要求很多的餐館》裡出現的山貓軒。我如今認爲：要是烹調都有極簡主義這回事的話，最重要的調料大概就是水了。

里昂之天空

每年的生日，我都要去車站北邊的法國餐館叫做里昂之天空。老闆曾在法國里昂的著名餐廳工作過幾年。回日本後開自己的館子，他偏偏選擇了郊外的住宅區。

シエルドリヨン

結婚前夕搬來國立，已經十五年了。國立位於東京西部，離東京中央火車站是一個鐘頭的電車旅程，從新宿則是四十分鐘，總之爲十足的郊外了。我生長在東京市區，婚前沒來過國立，只聽說往年歌星山口百惠跟影星三浦友和結婚以後住的就是這個地方。

雖然人口才七萬多，作爲住宅區，國立的名氣可不小，你從車站出來看到南邊的綠蔭大道，就會知道其所以然了。這條大街叫做大學通，因爲前邊五百米之處有國立一橋大學的校園。再前進五百米便到達學園通，右邊能看到私立名門桐朋學園的校園。大學通的南端則有東京都立高中裡的三雄之一國立高校。

兩邊種著櫻樹和銀杏樹的大學通，春天滿街的櫻花盛開，秋天則呈黃葉大海。果然有位小說家曾稱之爲「全日本最美麗的一條馬路」。

一九五〇年被東京都政府領頭指定爲文教地區的國立市，既不能蓋酒店旅館，又不允許經營風化設施，環境乾淨無比。便利生活的商店卻齊全：超級市場有平民化的西友和高檔的紀伊國屋，中等規模的書店也有兩家，銀行分店有三家。麵包店、蛋糕店、茶葉店、水果店、花店、文具店、鞋子店、五金店、陶瓷店等等，基本上的生活用品都可以在當地買到。若需購入電腦、時裝、賽馬票、彩券等，就坐四分鐘的車到近鄰立川市去好了，那裡有幾家百貨公司、家用電器量販店，甚至自行車競賽場以及美國空軍的橫田基地。

國立沒有市區的繁華，但有住宅區的閑靜。個人經營的咖啡館和小餐廳也不少，有烤肉店、日式拉麵店、鰻魚店、蕎麥店、烏龍店、印度餐館、尼泊爾餐館、俄羅斯餐館、義大利餐館等。每年的生日，我都要去車站北邊的法國餐館叫做里昂之天空。老闆曾在法國里昂的著名餐廳工作過幾年。回日本後開自己的館子，他偏偏選擇了郊外的住宅區。

位於公寓一樓的里昂之天空僅有二十個位子。開放式廚房裡做事的只有老闆一個人，端盤洗碗則由他母親、夫人輪流值班。午餐時間，黑板上寫著三種套餐，價錢都爲一千日圓整，非常物超所值。晚餐時間，打開菜單看，冷盤有十種，主菜有十種，甜品有五種。法國紅酒、白酒的種類則更多了。我們每次一定要點的烤五花肉，一份有兩百五十克，乃在日本餐館裡很少看見的大分量。加上用的材料是東京生產的名牌豬肉TOKYO X，令人吃著爲當地畜產業的成就感到驕傲。最近的一次，我們也吃了炒鵝肝、炸牛蜂巢胃、烤羊排等里昂風味，又一次深深感到了住在國立之福。

鯛燒

たいやき

在日本人的心目中，鯛魚擁有很特別的地位。連平常吃的零食中，都有鯛魚形狀的甜品。

日本人喜歡鯛魚，因爲鯛字的日語讀音（tai）跟日語「可喜」（medetai）的後半是諧音。另外，東瀛盛產的紅皮鯛魚看起來也喜氣洋洋。於是一有喜事，餐桌上就出現有頭有尾的全鯛魚。

記得給女兒辦七五三祝賀儀式的時候，我除了操心爲她準備好一套絲綢和服以外，還跟餐廳大廚商量好預訂了夠分量的鯛魚一條。當天，到家附近的谷保天滿宮參拜結束後，我家四口子加上她爺爺、奶奶、老爺、姥姥，總共八個人上餐廳吃了一條大鯛魚的刺身。

從前的日本婚禮，請賓客吃日式套餐，其中也一定有一人一條小鯛魚。後來，凡事流行西化，酒席上吃的飯都變成了法國菜、義大利菜。年輕新人覺得很好，父母一輩卻擔心怎麼可以沒有鯛魚。結果，有一段時間，參加婚禮回家的賓客們收到的還禮物品中，經常出現了紅色鯛魚形狀的砂糖。

可見，在日本人的心目中，鯛魚擁有很特別的地位。連平常吃的零食中，都有鯛魚形狀的甜品。所謂鯛燒，其實就是紅豆餅，只是跟普通品種的車輪形不同，偏偏採用著鯛魚形狀。把生麵倒入大約十五公分長的鯛魚形模子裡烤熟，然後把紅豆沙放上去，最後跟鯛魚的另一半身合體即可。這樣的甜品，東京很多地方都有賣。若聽說哪家的鯛燒從頭到尾裝滿著紅豆沙特好吃，不少人還會不嫌遠路特地過去，即使得排隊都耐心等待，要嘗嘗剛做好熱騰騰的鯛燒。要是家附近沒有商店經售都不要緊，如今買得到冷凍鯛燒。小朋友或大朋友回家喊肚子餓了，先從冷凍庫拿出個鯛魚燒，用微波爐熱一熱給他們吃就是了。

這幾年，我最喜歡吃的是東京新橋演舞場（劇院）三樓小賣部賣的燒魚。爲了觀看歌舞伎，除了幕間吃特製便當以外，還一定要吃特製鯛燒。那裡的鯛燒實在很特別，全身裝滿了紅豆沙不在話下，肚子裡還藏著兩塊小年糕，一個是紅的，另一個是白的，吃起來感覺非常豐富，不僅挺好吃，而且特飽人。看歌舞伎去新橋演舞場，是因爲位於東銀座的歌舞伎座進行重建工程，所有節目都改在別的劇院演出的緣故。聽說，新的歌舞伎座快要開張了，雖說好令戲迷興奮，但想到以後少有機會吃新橋演舞場的鯛燒了，不能不覺得稍微可惜。（謝天謝地，後來鯛燒店也搬到新的歌舞伎座去了。）

正如紅色鯛魚形狀的砂糖其實跟普通砂糖沒有分別，鯛魚形狀的紅豆餅跟車輪形紅豆餅，是否也沒有本質上的分別？不是的。魚兒有頭有尾，有鰓有鰭。麵餅的分量和豆沙的分量，在不同的部位是不同的比例，吃起來才充滿變化和驚喜的。不信你嘗看看吧！

歡迎來到東京食堂
食在他鄉

おんせんとぎゅうにゅう

溫泉與牛乳

大人喜歡老飯店有歷史。小孩則喜歡溫泉浴池外設有「八岳牛乳」的自動販賣機。如今在商店裡賣的牛奶，都是裝在紙盒裡的。

我家住東京西郊，要到外來遊客常去的原宿、台場、迪士尼樂園去，一個小時也到不了。好在離山區不遠，從家附近的國立車站上中央線電車，往西坐了三十分鐘，已經身處深山了。若有時間則坐快車「超級梓號（SUPER AZUSA）」，一個小時就能抵達以葡萄園著名的甲府市，兩個小時則能到達以湖泊與溫泉著名的上諏訪。

上諏訪車站，月台上就有旅客免費可享用的「足湯」，即專門泡腳的小浴池，周圍設有木製長凳子。脫下了襪子，在溫泉浴池邊坐了下來，邊泡雙腳邊看看來來去去的快車、慢車、遊客以及上下課的男女學生等，感覺實在非日常。雖然在「足湯」裡只有雙腳能洗溫泉浴，然而不久就全身都開始感覺很暖和，好舒服。可見溫泉水對人體起的作用多大。

從車站出去，往南走五分鐘就到諏訪湖了。湖邊林立著溫泉旅館。其中之一諏訪湖飯店是我家常住的地方。每年八月在諏訪湖，連日晚上都舉行煙火大會。此時住諏訪湖飯店，幾乎從每個房間都能看到水上四射的火花。這家有六十多年歷史的老飯店是以繅絲業發財的片倉財閥蓋的。二十世紀後葉，曾有許多名人包括當時的天皇、皇后都來這裡住過。在大廳一角的玻璃櫃裡展覽著貴人用過的餐具等。

大人喜歡老飯店有歷史。小孩則喜歡溫泉浴池外設有「八岳牛乳」的自動販賣機。如今在商店裡賣的牛奶，都是裝在紙盒裡的。偏偏在這裡，當地牧場生產的新鮮牛奶裝在玻璃瓶裡。投個一百塊日圓硬幣，就能買到一瓶純牛奶或者咖啡牛奶，孩子們覺得很好玩。我都覺得直接從玻璃瓶喝的牛奶不知爲何加倍好喝。

不愧於曾招待過天皇的榮譽，諏訪湖飯店餐廳提供的飯菜水準也頗高。餐廳提供的晚飯，除了幾種套餐以外，還可以加點當地風味嘗嘗。諏訪湖所在的長野縣，以特產馬刺聞名全日本。所謂馬刺，就是生馬肉片了。好嫩的瘦肉，沾著蒜頭醬油吃，味道特鮮，而且在東京是吃不到的。

第二天早晨的自助餐，有西餐也有日本菜供應。上世紀初期的小說家芥川龍之介，有篇文章裡提到過諏訪湖產的蜆貝。飯店不讓旅客失望，早餐一定供應蜆貝味噌湯，據說有補肝作用，特別受酒鬼一族的歡迎。諏訪湖也是著名信州味噌的產地。一八七二年創業，全國聞名的老字號竹屋味噌店，總公司和工廠都在諏訪湖邊，可以從飯店走過去參觀，亦可以在門市部買到各種味噌。

饅頭學

まんじゅうがく

日本傳統的單口相聲「落語」，最著名的段子之一就叫做〈怕饅頭〉，可見這種甜品在日本歷來受歡迎的程度。

日本人去旅遊，一般都買大量當地土特產回來送給親朋好友鄰居同事。台灣所謂的伴手禮，日本人稱之爲「御土產」（おみやげ）。有人說，最初是從去拜神拜佛的善男信女給分到以便「神人共食」的供品食物，帶回家又分給別人開始的。

如今早就沒有了宗教含義，幾乎純粹是社交的一環。去了國外，很多人買來名牌巧克力，在國內旅行，就買當地特產的饅頭了。

日文的饅頭一詞，跟中文裡的語義有所不相同，是專門指含甜味餡兒的小點心。茶饅頭、麩饅頭、栗饅頭、酒饅頭、水饅頭、薯蕷（山藥）饅頭、味噌饅頭，以及喜事發的紅白饅頭、喪事發的葬式饅頭等等，種類多到數不清，都是在麵粉或米粉等做的迷你包子裡，含有紅豆沙、白豆沙、蛋黃等甜味餡兒的。

廣島的紅葉饅頭、仙台的萩之月、東京的雛雞饅頭，大阪的吊鐘饅頭、岡山的甲蟹饅頭，分別呈紅葉、圓月、雛雞、吊鐘、甲蟹的形狀。至於靜岡縣的綠茶饅頭、三重縣的赤飯饅頭、愛媛縣的雞卵饅頭、和歌山縣的醬油饅頭，則分別是以綠茶、紅豆糯米飯、雞蛋、醬油爲材料。

最近，婆婆上京，帶來了日本最大的琵琶湖邊近江八幡市的老字號種屋出售的幾種甜品，由於是春天，個中有應季的櫻花饅頭。婆婆對甜點頗爲講究，一定去神戶或大阪的百貨公司買種屋、鶴屋八幡等名店的應季商品。同一天，我母親從山區長野縣旅遊回京，帶回來當地特產蕎麥芝麻糊饅頭，乃蕎麥粉做的皮兒裡含著黑芝麻糊的，吃起來味道不錯，但是看樣子很樸素，沒有櫻花饅頭的優雅。

日本人送饅頭可說是一門學問。一九二三年出生的資深飲食記者岸朝子問世的《全國五星級御土產》《東京五星級御土產》等書都賣得不錯。她推薦的饅頭有青森萬榮堂的鶴子饅頭、福島柏屋的薄皮饅頭、兵庫幡磨屋的鹽味饅頭、香川石段屋的灸饅頭、東京新宿的花園饅頭等。這些饅頭之所以是五星級，不僅因爲味道好，而且口碑、包裝等各方面的形象亦很好的緣故。

日本傳統的單口相聲「落語」，最著名的段子之一就叫做〈怕饅頭〉，可見這種甜品在日本歷來受歡迎的程度。不過，據說〈怕饅頭〉的故事其實取自明朝馮夢龍的《笑府》。果然日本受中國文化的影響，從食物到文藝比比皆是。

かたくらかんのちんみ

・片倉館的珍味

日本其他地方好像沒有類似的歐式溫泉浴池。在我印象中，最像它的是位於台北郊區的北投溫泉博物館。

日本長野縣上諏訪，不僅有湖泊、溫泉、老飯店、八岳牛乳、生馬肉片、味噌工廠，而且有政府指定的重要文化財（文物）片倉館。那是一九二八年竣工的西式溫泉設施，設有用大理石砌的「千人風呂」，乃能容納一百人（實際上不是一千人）的歐式大浴池男女各一處。

以纅絲業發財，曾被稱爲「絲綢皇帝」的片倉財閥第二代主人片倉兼太郎，一九二

○年代去歐洲和南北美洲旅行考察。路途上，他發現歐洲各地的農村都有為當地居民而設的健康娛樂中心，印象特別深刻。於是回到日本，就託東京帝國大學畢業的建築師森山松之助設計同種設施，完成後向世人開放。

果然片倉館充滿著二十世紀初的浪漫泰西氣氛，不僅浴池邊放著羅馬式人物雕刻，而且半圓形的窗戶嵌著各種彩色玻璃，讓我想起來曾在匈牙利布達佩斯去過的土耳其式溫泉設施。特別難得的是，這個有八十多年歷史的溫泉館，至今還在營業。諏訪湖飯店送給每一個房客一張門票。即使當場付錢進去，也並不很貴：大人六百日圓，小孩四百日圓。

我初次去片倉館，就有很不陌生的感覺。後來得知設計者的姓名，才明白那感覺來自何處。一八六九年出生的松山，一九○六年擔任當年日本治下的台灣總督府技師，直到一九二二年才回日本，其間擔當了許多公家建築的設計。原總督府、總督官邸、台北州廳、台南州廳等重要建築，都是他的作品。其中多數作為古蹟被修復保存，我在台灣參觀過一些。

位於諏訪湖邊的片倉館，跟森山在台灣留下的眾多作品明顯有共同的風格。反之，日本其他地方好像沒有類似的歐式溫泉浴池。在我印象中，最像它的是位於台北郊區的北投溫泉博物館。那當初是日治時代的一九一三年修建的公共溫泉浴池，後來停止使用，任其荒廢幾十年，直到一九九八年改爲博物館的。北投溫泉博物館的設計概念，是跟片倉館一樣的東西合璧。資料上沒寫著設計者的姓名。不過，當時松山正在台灣，對公共浴池的設計起了點作用也說不定。

東西合璧的片倉館，樓上有鋪著榻榻米草蓆的大餐廳。剛洗過澡的男女老少，都盤起大腿喝冷飲，吃點心。小朋友們不會錯過喝玻璃瓶裝八岳牛乳的機會，大人們則要趁機喝當地產諏訪浪漫啤酒。至於吃的呢，油炸的諏訪湖產公魚挺好吃的。另外也有醬油砂糖味的胡蜂幼蟲，乃只有山區人才吃的山珍之一。

ゆきぐにのかに

雪國的螃蟹

憧憬了許久的螃蟹大餐，飯桌上真放滿了剛蒸熟的新鮮螃蟹，用類似剪刀的道具夾開硬殼，把純白的蟹肉拉出來，沾著椪酢醬油吃。

日本雖說是小島國，但是按地區，氣候的差別卻相當大，飲食習慣的花樣也相當多。比如說螃蟹吧。在東京鮮魚店看到的貨色，大多是北海道產的多羅波蟹或者毛蟹，價錢不俗，而且以蒸熟後結凍的爲主。對東京人來說，螃蟹可說是遠處的美味。然而，一去大阪，就到處貼著「螃蟹旅遊」的廣告海報了。原來，面對朝鮮半島的日本海岸，有兵庫縣、鳥取縣等盛產楚蟹的地方。從大阪坐兩三個鐘頭的車過去，在海邊旅館住下來，晚餐享用吃到飽的螃蟹大餐，是一種大眾化的美食旅遊。

我婆家在大阪和神戶之間，每次回去過年都聽到小姑子她們說：又到日本海邊吃螃蟹去了。據說，那裡的螃蟹眞多，要吃多少就有多少；爲了防止剖開螃蟹時候手受傷，要戴勞動用手套用餐的。在產地吃的螃蟹，當然是生猛的，可以清蒸吃，也可以炭烤或者做火鍋吃，看你要怎麼吃就怎麼吃，反正不論吃多少都是一個價錢。

終於有一年，我再也忍不住，非去螃蟹之鄉吃到飽不可了。於是我們一家和小姑子一家，再加上公公婆婆，總共十一個人坐上小姑夫開的大車，螃蟹之遊就啓程了。從太平洋邊去日本海邊，要跨過日本列島背脊般的山區。最初晴朗的天氣，過了丹後山地以後就變成了陰天，冬季的日本海邊是不停地下雪的。我們在志賀直哉的小說《於城崎》中著名的城崎下車吃午飯，也順便去溫泉館洗一洗，然後往最後目的地香住去了。

屬於山陰海岸國立公園的香住有很美麗的海灘。可是，那天既下雪又颳風，令人沒心思靠近沙灘。我們要住的木造小旅館，房間裡開了暖氣都還很冷，大家拿出毛衣來穿上，也打開暖暖包取暖。不久婆婆大叫一聲，是由於室溫太低，一條腿抽了筋的。日本旅館的規矩是吃飯前到大浴池洗澡，但是那天我們怕會得感冒，決定不洗了，反正剛在城崎泡過溫泉。

憧憬了許久的螃蟹大餐，飯桌上眞放滿了剛蒸熟的新鮮螃蟹，用類似剪刀的道具夾開硬殼，把純白的蟹肉拉出來，沾著椪酢醬油吃。味道特別甜，怪不得法國人稱海鮮爲大海的水果。只是這樣吃螃蟹，好像廚師做的工作少，多半勞動都由各顧客擔當似的。

第二天早上是元旦。我們一起來就發覺，前晚下了很多雪，我們開來的大車都完全埋沒了。小姑夫匆匆吃完早飯就借了旅館的鐵鍬，拼命挖出車子來。這時，雪還在不停地下，我們趕緊出發要離開雪國了。然而，大雪中開車談何容易，花了比去路多一倍的時間，才回到了城崎。在溫泉館又休息一次時，心中眞有逃難不易的感覺。

わんこそば

碗子蕎麥

當客人拿起小碗和筷子來，站在後邊的店員，就把少量的熱撈麵往碗裡扔進去，客人一吃完，店員又馬上把少量麵條扔進去，直到客人吃飽蓋上碗子為止。

說到碗子蕎麥，日本人首先想起東北地方岩手縣來。當地花卷市、盛岡市等地有許多蕎麥麵店提供這種菜式。當客人拿起小碗和筷子來，站在後邊的店員，就把少量的熱撈麵往碗裡扔進去，客人一吃完，店員又馬上把少量麵條扔進去，直到客人吃飽蓋上碗子爲止。據說，碗子蕎麥的七份等於普通湯麵的一份。所以，即使是飯量並不多的女士們也可以體驗一下蕎麥遊戲的味道。未料，位於京都西北的兵庫縣山區出石也有類似的蕎麥吃法，是一樣比食量的，區別在於沒有店員站在後邊投麵條。

出石是人口才一萬的小鎮，有可追溯到日本神話時代的長久歷史。據當地傳說，最初是朝鮮半島新羅州出生的人物渡海過來開發了這一帶的。十八世紀以後，姓仙石的武士家族前後七代統治了出石，其間招聘現長野縣的蕎麥麵師傅來，把手藝傳授給當地人民。如今，出石是以老街出名的旅遊勝地，而遊客來此地的目的之一就是嘗嘗著名的出石蕎麥。

我們是去日本海邊香住吃螃蟹回來的路上經過了出石的。一月一日上午，小鎮街上約四十家蕎麥麵店都開著門。其實，它們前一晚沒有打烊，通宵營業的，因為日本人有除夕夜吃「過年蕎麥麵（年越し蕎麥）」的習俗，十二月三十一日是一年裡蕎麥麵店生意最好的一天。

出石街頭鱗次櫛比的老建築，頗讓人有走進了古裝片裡一般的感覺。我們決定上一家叫近又的麵館。菜單上介紹說：招牌的出石蕎麥是一份由五張小碟組成的冷麵條。如果一個大人能吃二十碟，或者一個小朋友能吃光十五碟，店方就贈送認定證作為紀念。要是認真想比食量的話，亦可挑戰「蕎麥通」的特別認定；贏得了這個認定證，無論何時再光臨，永遠能免費享用蕎麥麵了。果然挑戰可不小：十分鐘以內，男性要吃光五十碟即十人份；婦女要吃光四十碟即八人份；小朋友要吃光三十碟即六人份。

前一晚剛吃了螃蟹吃到飽，未料元旦又得拼命吃蕎麥麵了。婆婆、小姑、我都沒有上陣就投降，反之慢慢享用了一人五小碟出石蕎麥，滿好吃的。不知爲何凡是男人都好強，公公、老公，以及當時小學五年級的兒子都要拿到認定證。只有特能吃的小姑先生贏得了「蕎麥通」的特別認定。那是模仿古代通行證的五角形木牌，只是大小不一樣而已。兒子後來多年都埋怨我怕他吃壞肚子而沒允許他挑戰「蕎麥通」的特別認定，因爲他羨慕死姑丈贏得的大木牌。

粉物

大阪的「粉物」，還有一種煎餅叫一錢洋食，章魚燒的前身明石玉子燒等。另外，烏龍湯麵，沙司炒麵也是大阪風味。

こなもの

都說大阪人是日本的廣東人。提到大阪商人，誰都會豎起大拇指來說「行」；大阪人口才之好也聞名全國，日本電視上受歡迎的搞笑藝人幾乎全屬於大阪吉本興業公司旗下，個個都操不同於標準日語的大阪方言；大阪也被譽爲「吃到仆（食い倒れ）」的美食天堂，尤其是小吃點心的種類，日本其他地方都比不上。

大阪的小吃，一方面有把豬肉片串在竹籤上後油炸的串吉列（串カツ）、把牛蹄筋片串在竹籤後在醬料裡熬成的土手燒（どてやき）等肉類。另一方面有以麵粉爲主要材

料的餅類，也就是大阪話所謂的「粉物（こなもの）」。

發源於大阪的「粉物」，著名的有章魚燒（たこ焼き）和御好燒（お好み焼き）。尤其形狀似乒乓球的章魚燒，用特製鐵鍋來把粉漿燒成球形，看樣子很可愛，章魚塊的口感和味道亦迷人，總之有難以抗拒的吸引力。御好燒則是煎餅的一種，在日本全國有很多粉絲。跟章魚燒一樣，吃之前盡情塗上蛋黃醬（美乃滋）、沙司（ソース），並撒下青海苔粉、柴魚粉等等調味料，可說B級過癮，充滿著大阪味。

在大阪，御好燒的亞種有好幾種。放入大量蔥絲的蔥燒（ねぎ焼き）已經打入了全國市場，加五花肉片的豚平燒（とん平焼き）則仍然算是地方風味。至於烏賊燒（いか焼き），大部分東京人連聽都沒聽說過。不同於其他地方的烏賊燒把全形魷魚烤製而成，大阪的烏賊燒是把烏賊絲投入粉漿裡，然後在鐵板上煎好的。關鍵在於用來煎烏賊燒的鐵板，跟普通的鐵板完全不同，居然是從上和從下同時夾住著加熱的大型壓力機。

爲做球形章魚燒，使用特製鐵鍋子的大阪人，爲做烏賊燒，還特別製作了能加壓的鐵鍋子。結果，烏賊燒店的門面很像鐵工廠。煎好的烏賊燒卻一點也不像鐵板，反而是富有彈性的烏賊味煎餅。

每一個大阪人都知道，位於梅田車站附近的阪神百貨公司，地下一層有食街叫小吃公園，那裡的烏賊燒全大阪最好吃，換句話說全世界最好吃。果然什麼時候去都有人排隊，據說一天竟賣一萬個烏賊燒。

大阪的「粉物」，還有一種煎餅叫一錢洋食，章魚燒的前身明石玉子燒等。另外，烏龍湯麵，沙司炒麵也是大阪風味。雖然日本全國都有沙司炒麵，但是到了大阪，當地生產特色沙司的小公司有十幾家，而大部分商品都針對當地消費者，東京人根本嘗不到的！

ビステカフィオレンティーナ

翡冷翠牛排

飲食是一門學問，是一種藝術。「白色野豬」做的菜感動我，個中絕對有那位老闆的氣質起的作用，換句話說是人的因素吧。

1

在我小時候的日本，牛肉是高級食物，甚少吃到的。我記得只有一次被父親帶去了一家叫異鄉客的西餐廳，點了主廚推薦的套餐。主菜是牛排，我揮著刀叉切成小塊送進嘴裡去。至今忘不了終於吃到了大塊牛肉的滿足感，但是對於味道本身，並沒有好印象。如今回想，那天的牛排上面好像淋著罐頭來的褐色醬，雖說是日本西餐廳的常態，但是吃起來味道稍苦。當時的我不能理解廚師爲何要把苦味醬淋在好好的牛排上。

長大後出國，吃牛排的機會大幅度增加，然而還是不常吃到理想的牛排。有一次在紐約的牛排館，點了著名的紐約式腰肉牛排，卻出乎我意料，沒加任何調味料的。夥計把鹽、胡椒，以及牛排醬的瓶子放在桌子上，任你自己調味吃。加了點鹽和胡椒，味道稍微改善，再倒了點牛排醬，我馬上想起了日本異鄉客餐廳供應的牛排，總而言之：不理想。

還有一次在倫敦，我和父母、妹妹一起上了家牛排館。當店員送來盤子，我們都目瞪口呆，因爲放在旁邊的生蔬菜與其說是沙拉倒不如說是餵雞吃的餌食。至於牛排，也不比生蔬菜好到哪裡去。大家都無言地吃完一頓飯，沈默地離開了那家餐館。

住在加拿大的時候，去過還不錯的牛排館叫Keg's。令我想不通的是，菜單上的多數菜式，都是既有牛排又有龍蝦或螃蟹的所謂「衝浪賽馬」。也許當地人覺得豐富豪華，我倒覺得太雜亂。無法集中精神嘗味，還是沒有留下好印象。

我終於吃到夢中牛排是去義大利翡冷翠度蜜月的時候。當地首屈一指的名菜就是翡冷翠牛排，乃厚厚的T骨牛排在炭火上烤到外熟裡生的。一份翡冷翠牛排的分量規定爲一公斤，正如土產Chianti（基安蒂）紅酒的標準分量是一瓶一．五公升。我和剛結婚的老公協力吃光了一盤嫩軟多汁的大肉塊，可以說，平生第一次嘗到了眞正好吃的牛排，後來多年都念念不忘。

之後的十六年，我們經常講到翡冷翠牛排。尤其是兩個小孩聽過無數次父母講外國牛排的故事。每次的最後一句話也總是一樣：有一天，把你們都帶到翡冷翠去，一起嘗嘗世界最好吃的牛排吧！於是這次事隔十六年，我們帶一男一女重訪舊地，大家渴望著，除了道地的比薩和義大利麵條以外，還一定要享受一頓翡冷翠牛排晚餐。誰料到，過去十六年裡的全球化，居然也影響到了翡冷翠牛排，重溫舊情談何容易。

2

抵達翡冷翠後的第一個晚上，因爲老大兒子很疲勞，我們從飯店附近的超級市場買來薩拉米肉腸和生火腿、幾樣奶酪、鹹味餅乾、基安蒂紅酒，在房間裡吃得很開心。第二天晚上，則在飯店經理的推薦下，去了一家披薩店。這一家，雖然具備著北京烤鴨店一般的大爐子，做出純粹那不勒斯披薩來，但是採用今日翡冷翠頗爲流行的自助（Self Service）式服務，而所謂的自助服務其實就是不服務的意思，感覺就像在快餐店吃便飯一樣。

吃完披薩後，我們自己把塑料盤子和紙杯子倒進垃圾桶裡去，心中稍微不以爲然。一個原因是我們點的卡普里島式沙拉，大碗裡有番茄片、鮮奶酪片、生菜片，但是沒加任何調味料。倒剩菜時候才發覺，原來垃圾桶旁邊放著喝咖啡用的砂糖和奶油，以及吃菜用的橄欖油和鹽。如果早知道的話，我們可以在卡普里島式沙拉上擱點橄欖油和鹽吃，那樣子味道一定會改善。但是，工作人員都沒有告訴我們，也不能責怪他們，因爲那家店的門口外邊就掛著「Self Service」的牌子。

好不容易到了聞名於世的美食城，怎麼可以如此這般的浪費嘗美食的機會下去？於是第三天早晨一起床，我就向大家宣布：今天晚上我們享受一頓翡冷翠牛排晚餐，至於在哪裡吃，還是請飯店經理當參謀吧。然而，早晨去找他，沒找著。出去購物、觀光回來，已經下午六點差一刻了。旅遊指南書都說，要在好一點的餐廳吃飯，最好事先訂位子。可是，時間已經太晚了，來不及訂位。他最後說：你們試試隔壁一家吧，他們有翡冷翠牛排，我吃過。

我們住的飯店在市區正中央，擠滿的觀光客幾乎沒有立錐之地，名牌服裝店鱗次櫛比，是一家又一家冰淇淋店以高價騙遊客錢的地段。在如此這般的地方，上餐館點當地名菜，你當然可以說我的判斷力有問題。是的。如果是一個人旅遊或者兩個人度蜜月，我都不會犯這樣的錯誤。但是，帶著兩個孩子，尤其沒有克服時差之前，老油條旅人都會犯錯誤。

翡冷翠牛排的標準分量應該是一公斤一盤，但是店員送來的一盤肉，由四個人分了以後，每人只有一小塊而已，再說外焦裡柴，一點也不是味道。大家越吃越無言，最後都完全沈默了。雖然沒吃飽，但也沒胃口吃甜品。不僅是我們，周圍座位的各國觀光客都一樣意氣消沈。究竟該怎樣挽回損失？還好，我們在翡冷翠仍有四個晚上能贏回敗仗。

3

長話短說，我們在翡冷翠的七天裡，吃了共三次翡冷翠牛排。謝天謝地，一次比一次好吃，回日本前一晚，終於吃到了我夢想了十六年的理想牛排。那是在橫貫翡冷翠的阿諾河南邊，一家叫做「白色野豬」的餐廳吃的。

十六年前的義大利之行，印象深刻的美食之一是去老城錫耶納吃的野豬肉腸。於是這次重訪義大利，在網路上發現翡冷翠市內有家餐廳叫做「白色野豬」，我就非去不可了。第一次去的時候點的野豬拼盤、野豬肉醬義大利麵、燉野豬肉，樣樣都很好吃。再說，當地顧客和各國遊客參半的氣氛也相當和諧。何況，穿著黑色襯衫和黑色褲子，站在門口邊的老闆的形象，令人想起老電影「教父」裡的登場人物來。總而言之，這無疑是一家值得去的館子了。

在翡冷翠的最後一個晚上要重去「白色野豬」，一個原因是這家館子比其他店早開門，六點半就開始供應晚餐。因爲當晚八點半，我們預定到附近的教堂看小規模的歌劇演出，所以若能早點開始吃晚飯，不必匆匆忙忙的話就很好。

上一回吃野豬肉已經心滿意足，這回既然是義大利旅行的最後一頓晚飯，每個人都點一盤自己喜歡的義大利麵條，然後大家協力攻克一整公斤的烤牛排。雖說一樣是當地特色翡冷翠牛排，價錢也差不多，但是「白色野豬」供應的一盤烤肉，既軟嫩又多汁，跟之前試過的兩家相比，成績明顯突出很多。主菜吃得很滿意，自然會有胃口吃甜品。我們早一晚已嘗過提拉米蘇，這晚則吃奶油布丁並喝一杯濃縮咖啡，可說畫龍點睛了。

如今，上榜於世界文化遺產單子的名勝古蹟，哪裡都有大量遊客。而一旦成為世界性觀光地，原有的飲食文化就不能不受衝擊了。店家要迎合觀光客的口味，外地人吃不慣的當地風味，久而久之從市場被淘汰出去。至於翡冷翠牛排，因爲是最有名氣的當地風味，所以沒被淘汰，但變成了大眾化。在多數店都看得到的肉質低落和燒烤過程的粗魯，只能說是理所當然的結果。好在仍有一些餐廳保持著老字號的自尊。

飲食是一門學問，是一種藝術。「白色野豬」做的菜感動我，個中絕對有那位老闆的氣質起的作用，換句話說是人的因素吧。經營餐廳原本是單純的生意，掙錢餬口的手段。但是，義大利菜之所以被譽爲世界三大名菜之一，不能沒有人文的因素。翡冷翠牛排看起來特別簡單，吃起來卻一點也不簡單。

・快餐化的義大利

誰也抵擋不住快餐思想的傳播，估計是義大利人自己覺得自助式快餐更符合今天的社會。

ファストフード化するイタリア

事隔十六年重訪翡冷翠，深深理解慢食運動爲何源自義大利：當地傳統的飲食文化在來自美國的快餐潮流面前特別脆弱。結果，二十一世紀初的義大利式生活跟上世紀顯然相當不一樣了。

記得一九九七年的翡冷翠街頭，到處都是咖啡吧和家庭經營的小餐館。上班以前或者上午十點的休息時間，在附近的公司、商店工作的人們紛紛出來到設計精緻的咖啡吧，在吧檯邊站著，一邊喝小杯的濃縮咖啡，一邊跟咖啡調理師以及其他常客談天說地。到了午飯時間，又結伴去小餐館享受當日套餐去。冷盤、義大利麵條、主菜、甜品加上無限量供應的Chianti（基安蒂）紅酒和又一杯的濃縮咖啡，同事們聊著吃完四道菜，起碼需要兩個鐘頭。果然，當年的翡冷翠公司、機關、商店，很多都中午休息三四個鐘頭，到了下午四點才重新開門的。餐館則到了四點才結束午餐生意，七點半才再開門接受晚餐客人。有一次，在住宅區的小館子跟四個當地客人同坐一桌吃午飯，他們邊吃喝邊聊天，盡情享受著拉丁式人生，給我留下了深刻的印象。您猜猜他們的工作是什麼？是消防隊員中午出來吃午餐，而居然沒人責怪他們在工作時間裡喝酒的。

在那年代的義大利，無論在哪裡點什麼，都一定吃得到非常出色的食物。我還以為就是烹飪文化之成熟、技術之高所致的。原來那是大錯特錯。僅過十六年時光，今天在翡冷翠街頭最常看到的食品是早已變冷的披薩和大杯的可口可樂，總價三塊九毛九歐元，能在店裡吃也能帶回辦公室吃。也就是說，北美任何一個小鎮都有的低檔快餐店充斥了聞名世界的美食城，區別只在於翡冷翠的店家似乎還沒有引進夏威夷風味火腿鳳梨披薩。同時，當年那麼多的家庭式小館子幾乎全被淘汰。留下的要麼是叫顧客用免洗塑料餐具的自助小館（掛著英語Self Service的牌子），或者是吃一頓飯要花好幾十塊歐元的高級餐廳。我估計今天的義大利消防隊員，中午吃的也是用微波爐弄熱的披薩，喝的是大杯可口可樂了。

這就是加入歐盟，引進歐元，進行全球化的結果。爲了跟其他國家保持同一節奏，義大利人只好縮短午休時間，結果奪去了小館子的午餐生意。義大利當局最初要抵制麥當勞等國際性連鎖店進入當地市場，如今都很少看到M字招牌了。但是，誰也抵擋不住快餐思想的傳播，估計是義大利人自己覺得自助式快餐更符合今天的社會。

當然，快餐化的遠不僅是義大利。日本的壽司店早已變成了迴轉店和外帶專門店，坐在櫃檯邊跟廚師聊著吃食的傳統壽司店只剩下少數高級店了。蕎麥店也很多都變成了先買票後吃的「立食」自助店。或者在中國大陸，老字號點心鋪採用快餐店模式的有狗不理包子店、都一處燒賣店等爲數不少。都是當地人自己覺得快餐化更符合今天的生活，主動放棄了傳統經營方式的。而講經濟效率的結果，總是帶來商品種類之減少和品質之低落。不過，快餐化的義大利最令人懷念的是，曾經在老闆和顧客之間，或者在顧客和顧客之間，確實存在過的感情交流和溫馨的時光。我看到Self Service的牌子深感寂寞，因爲它表達的意思其實不外是No Service。

‧初嘗廣州

那天晚上，自己到中大西門對邊的個體食堂去，吃到的平生第一盤炒河粉和清炒芥藍的味道，跟北京菜鹹而油的口味，多麼不一樣！

はじめてのこうしゅう

一九八五年八月底，我從北京首都機場乘坐中國民航班機，一個人飛往廣州去了。那是我在中國公費留學兩年的轉折點。

早一年到北京外國語學院後，我就拚命要爭取第二年轉學到中山大學的許可。大家都說：要學普通話，北京的環境再好不過。我明白他們說的意思。然而，對我來講，中國的魅力始終在於多元性。在官話的故鄉打好了普通話的基礎後，最好能去南方名門中山大學，接觸一下嶺南的人和文化。

幸虧，第一學年結束以前，我得到了中國教育部的批准。放了暑假，先往大西北出發，到了酒泉嘉峪關、敦煌、吐魯番、烏魯木齊、喀什、蘭州、西寧、格爾木、拉薩、成都，然後飛往上海接從日本來旅遊的父母、姥姥、弟妹共五個人，跟他們的旅遊團一起旅行蘇州和杭州，回上海在虹口機場送走家人以後，趕回北外留學生宿舍去了。因爲暑假還沒結束，住在宿舍三樓的日本留學生幾乎都不在，是要麼旅遊到神州什麼地方，或者趁假期回國一趟的。在空蕩蕩的宿舍裡匆匆收拾好行李，我馬上又往廣州出發了。

這次，除了陪我走了大西北和江南的紅色背包以外，還有個笨重的大皮箱，也是暗紅色的。另外有，幾年後將成爲搖滾明星，但那時候仍沒出名的丁武（唐朝樂團主唱）送給我的一張畫，是畫了敦煌莫高窟壁面上女神像的。我太珍惜那張水彩，所以沒放在皮箱裡託運，倒是用手拿著上了飛機。糟糕的是，在廣州下飛機時，我完全忘記了頭上置物箱裡的寶物。第二天打電話到民航，尋問了早一天的遺失物中有沒有畫了女神的水彩，但是對方只是機械地重複道：「沒有，沒有，沒有！」

後來在中大待的一年裡，我上了中國近代史的課以及校方專門爲留學生開的粵語班。那一年的經驗，擴大並深化了我對中國社會的理解，也成了我後年做中文作家的出發點。我的中文寫作生涯，從香港開始，經台灣，到北京、上海發展，今天終於又抵達

．中大西門市場

じょんだーにしもんいちば

我從北外轉學去中大的一九八五年，北京也已經開始出現了個體戶經營的小店，但只是「開始」而已。

當年，中大的留學生樓就在校區最西邊，從西門出去，對面是公共汽車的總站廣場，周圍有一些小商店，以及戶外賣東西的攤子。我從北外轉學去中大的一九八五年，北京也已經開始出現了個體戶經營的小店，但只是「開始」而已，在國營和集體經營的大海裡，還像是寥寥幾個孤島似的。然而，到了廣州，市場活動非常活潑。

汽車總站廣場有兩個攤子，我至今印象特別深刻。一個是賣雞的，另一個則是賣雞蛋的。我在日本，從小吃雞肉長大，但是到中國之前，沒有看過賣活雞的。日本人買雞肉，一般都是去鮮肉店，用手指一指冷凍櫃裡擺的雞肉，說要買多少克的。大家都說兩百克或者三百克。若說五百克，就算很多的。我從來沒聽說有人買一千克，即一公斤的肉吃。然而，在中大西門廣場，買雞就是一隻兩隻，而且是把咯咯叫的活雞放在自行車前面的籃子裡回家的。我眞摸不著頭腦：那隻活雞，究竟怎樣變成食品呢？

有一次，我鼓起勇氣，買了半隻雞，在留學生宿舍的小廚房裡料理一下。只可惜，宿舍的廚房很小，僅有兩口瓦斯爐子而已。如果有別人用著，只好當場改計劃，回房間裡用電爐熬湯喝了。那天好像也有別的同學用著廚房裡的瓦斯爐，但是說很快就用完什麼的；我就把裝了雞肉的塑料袋子隨手放在桌子上，開始做別的事情了。過一個小時，那同學來通知廚房可以用了，於是我拿起塑料袋，馬上發覺情勢不對：它已經散發怪味！一九八五年的廣州，冰箱還沒有普及。至於洗衣機，校方經不短時間的討論終於爲留學生買了一部。未料，留學生樓的工作人員紛紛帶髒衣服來上班，使得洗衣機不停地運轉。結果沒多長時間就用壞了，而且據說進口電器無法修理，因爲沒有零件。總之，我始終沒機會用那部洗衣機。

講回車站廣場。那裡的雞蛋攤子是看來十歲左右，一條腿殘廢，拄著柺杖行走的男孩子經營的。當年中國，雞蛋的賣法也跟日本超市不同；顧客把一個一個雞蛋選上來，然後伸手把雞蛋放在太陽的方向，用一隻眼通過紙製圓筒仔細看看雞蛋裡面，看到發育跡象的不要，沒有陰影的則要。我從小的習慣是去超市買已裝在透明塑料盒子裡的雞蛋。在中大西門的自由市場，中國人卻花時間一個一個地選擇新鮮雞蛋，那規矩很有趣的。

至於那一條腿的小朋友，按道理是應該上學的年齡，然而每天整日都賣雞蛋的。他爲人正直，笑容挺可愛，算數算得也很不錯。但是識不識字，我卻從不敢問他。

・刺身和蛙飯

さしみとかえるめし

日本人沒有吃田雞的習慣，由我們看來青蛙就是青蛙，所以她那麼想念的家鄉菜，我即使有機會吃，也大概不敢吃的。

正式轉學之前，我在一九八五年春節旅遊的路途上，認識了一位中山大學教授夫人，應邀去過一次教職員宿舍。教授夫人生性特好奇，在火車上就問我：「聽說你們日本人吃生魚片，是眞的嗎？如果是眞的，妳能不能吃生魚片給我看看？廣州有很多種魚，我帶妳去市場買妳最喜歡的吧。然後咱們一起回我家，妳吃生魚片。怎麼樣？」

當時，我還年輕，不知怎樣拒絕她的要求。雖然日本人吃生魚片是眞的，但並不是哪一種魚都可以生吃的。廣州市場賣的魚到底可不可以吃，那個時候，我自己還沒有知識去判斷。當年的世界也沒有網際網路，在中國連家庭電話都沒有普及，要打越洋電話，就得去長途電話局掛號的情況下，我都沒法當場跟在日本的熟人聯繫並請對方當顧問。再說，日本人吃生魚片，其實不僅需要魚肉而已，醬料和佐料也滿講究的。看看魚的種類，要麼配山葵（わさび）泥，或者配生薑末、蒜末等以外，被稱為「妻子」（つま）的生蘿蔔絲也絕不能沒有。這些佐料，除了加強味道以外，還會起消毒作用，因此相當重要。

幸虧，那天在中大教職員宿舍吃的生魚片，沒有引起我任何疾病，但是心中的恐懼，我卻嘗夠了。話是這麼說，住在一九八〇年代的中國大陸，即使在北京、廣州等大城市，吃日式生魚片的機會少之又少，因而令人加倍想念。都是當年日本菜還沒普及中國，各地街頭上既沒有迴轉壽司店，又沒有超市賣「三文魚刺身」所致。

轉學到中大以後，有一天我跟幾個剛上了大學的一年級同學們聊天。有人問我：「妳習慣吃中國菜嗎？會不會想家？」我回答說：「中國菜，我很喜歡吃。家，我也不大想。只是有些家鄉菜，因為在中國吃不到，所以我很想念。比如說，有一種日本菜叫『刺身』，是把新鮮的海魚切成小片沾醬料吃的。我很喜歡，但是在中國不容易吃到。」

聽我講完話，那個小女生的眼睛特別亮起來，說道：「我非常理解妳的心情。因爲有一種家鄉菜，廣州沒有，所以我特別想念的。那是用一種田雞，妳知道青蛙吧，跟白米飯一起蒸的。剛打開鍋蓋的時候，會看到米飯上的田雞，香噴噴的，眞好吃。如果妳有機會來我家，一定請妳嘗嘗。」說著話，在她腦子裡的銀幕上，顯然放映著田雞和白米飯的影像。

我沒告訴她，日本人沒有吃田雞的習慣，由我們看來青蛙就是青蛙，所以她那麼想念的家鄉菜，我即使有機會吃，也大概不敢吃的。不過，那一次的交談，對我試圖由別人的角度來看自己的文化很有幫助。尤其住在人人敢吃的廣東，克服自己腦子裡的先入爲主頗爲重要，否則會錯過很多別處吃不到的美味。

・漂泊者的年飯

ひょうはくしゃのおせち

鄉下人把日子過得很樸素，卻激起了我的鄉愁。於是看著台灣姊弟，我心裡自言自語道：差不多到回家的時候了。

做異鄉客的日子裡，最難熬的是節日，因爲當地人都回家過節，而偏偏異鄉客沒家可歸的。我在中國大陸留學的一九八四至八六年，兩次春節都一個人在旅途上過了。第一年是在沿海縱貫行的路上，從杭州開往福州的列車上。

大年三十的下午，趕回家鄉過年的中國人，當年還個個都帶著許多禮物。其中有咯咯叫的雞和鴨被捆起來後塞在頭上行李架，也有旅行袋裡蠕動的生猛甲魚等。總而言之，車上猶如動物園或者說菜市場。可是沒到傍晚之前，那些旅客都下車回家了。到了晚餐時間，留在整節列車上的旅客，只剩我一個人了。我十四歲便開始單獨旅行，平時酷愛孤單自由的感覺。然而，大年三十晚上，一個外國人在空蕩蕩的車廂裡，看著黑暗的窗外，還是免不了感到稍微不安。未料到，那個時候有個女性乘務員來找我，說：我們現在開始吃年飯了，小姐妳也一起過年吧。

於是我跟著她到餐車去，果然桌子上擺著各種美味和飲料。我萬萬沒想到的是幾個乘務員都帶家屬上車，這回要幾個家庭一起在鐵路上過年的。從昏暗沈靜的車廂到明亮熱鬧的餐車，那轉變充滿著戲劇性，好比是英國作家寫的童話《小公主》裡，主人翁莎拉由於父親去世而淪落爲女傭，但是一回到閣樓宿舍，她就憑非凡的想像力把冷冰冰的破房間改變成無比華麗的宮廷：餐桌上有熱騰騰的飯菜，壁爐則燒著火，床上還有軟綿綿的被褥。

現在回想起那列車上的過年餐會，我就感覺和童話故事一般不可思議。不過，那還是屬於不折不扣的事實。因爲那天到餐車上看到乘務員家屬時，我才深深明白，爲什麼中國人把列車員叫做「鐵路上的」。他們名副其實是在鐵路上過的日子呢。

後來我自己成了「旅途上的」，從中國廣州到日本仙台，又經加拿大多倫多到當年還是英屬的香港，不停地移動了整整十年。終於回國定居的前一年，一九九六年的春節是在台灣彰化的朋友家過的。

台灣本省人繼承著閩南人的傳統風俗，全家人在大年三十子夜，院子裡的方桌上擺放許多供品，隆重舉行拜天儀式。年飯中不可缺席的蘿蔔糕是朋友從台北趕回家，挽起袖子蒸幾根大蘿蔔泥做的。記得她和繼承了家業的弟弟一起看電視時，打開統一泡麵直接當零食吃。鄉下人把日子過得很樸素，卻激起了我的鄉愁。於是看著台灣姊弟，我心裡自言自語道：差不多到回家的時候了。

シルクロードのスパゲティ

我愛新疆拉條子

二〇一二年春天，我出差到中國一趟，在北京被人帶去了一家雲南館子。打開菜單，人家問我：想吃什麼？我回答說：想吃烤羊肉，因為在日本吃不到。等一會兒上桌的一盤手抓烤羊肉，吃來特別香。

我總勸年輕朋友趁年輕多去旅遊，畢竟學生時代是人的一生裡，最有行動能力和自由時間的。常有人反駁說：猶如一些書，年紀大了以後才看懂一樣，知識經驗豐富的大人去旅遊，才能享受到外國的文化等。說得不是沒有道理。不過，旅遊會帶來的一些樂趣，還是只有膽子和體力兼備的年輕人才能欣賞的。例如，逛市場，嘗嘗戶外賣的當地風味小吃等。

一九八五年夏天，在新疆沙漠上吃到的一種麵食，我後來念念不忘二十年。二〇〇五年春天，在北京去了一家新疆館子，終於又一次吃到了，這時才知道其名稱：拉條子。光是跟義大利麵一般的彈性，就已經難得了，新鮮的羊肉，又是在東京難找到的。不過，最迷人的是那特殊的香料。究竟是什麼呢？

二〇一二年春天，我出差到中國一趟，在北京被人帶去了一家雲南館子。打開菜單，人家問我：想吃什麼？我回答說：想吃烤羊肉，因為在日本吃不到。等一會兒上桌的一盤手抓烤羊肉，吃來特別香。此時人家問我：妳喜歡孜然的味道嗎？我禁不住叫聲：啊，這原來是cumin啊！

孜然這個中文詞，我是最近才學到的。東京有個連鎖中餐館叫西安，以現場做的刀削麵出名。據網路上的口碑，另一種招牌菜就是孜然炒牛肉。我以前沒看過「孜然」這個詞兒，上網查語義才得知，原來孜然是一種香料，日文叫做馬芹的。不過，說馬芹，多數日本人也聽不懂。英語名稱cumin，相對來說比較耳熟，因為印度餐館的收銀機邊，經常放著這種香料。印度人說：當口香糖嚼一嚼，嘴裡會爽快。

北京雲南館子的手抓烤羊肉，香味跟我印象中的拉條子很像。於是回日本以後，我就試圖做新疆拉條子看看。彈性高的麵條，且以義大利麵代替，至於羊肉，只能買到從紐西蘭冷藏進口的。另外準備了西紅柿、茄子、青椒、洋蔥、蒜頭和一小瓶cumin粉，標籤上用片假名音標寫著英文名稱（クミン）的。然後，就是像炒麵一般，先炒羊肉和蔬菜備用，接著把剛煮熟的義大利麵往炒菜鍋裡投入，揮著小瓶放多點孜然，盛在大盤上，趁熱嘗嘗……哎呀，這究竟是新疆綠洲，還是東京西郊？味道跟我二十七年前在塔克拉瑪干沙漠上吃的一模一樣！

ごちそうさま
多謝款待!

美麗田 136

出版者：大田出版有限公司
台北市10445中山北路二段26巷2號2樓
E-mail：titan3@ms22.hinet.net http://www.titan3.com.tw
編輯部專線：(02)25621383 傳真：(02)25818761
如果您對本書或本出版公司有任何意見，歡迎來電

總編輯：莊培園
副總編輯：蔡鳳儀
編輯：張家綺
內文美術設計：賴維明
行銷主任：張雅怡
行銷助理：高欣妤
校對：蘇淑惠／黃薇霓
印刷：上好印刷股份有限公司・(04)23150280
初版：2014年(民103)三月三十日
定價：新台幣 320 元
國際書碼：ISBN 978-986-179-324-5 / CIP：861.67 103000729
Printed in Taiwan

From：地址：______________________________

姓名：______________________________

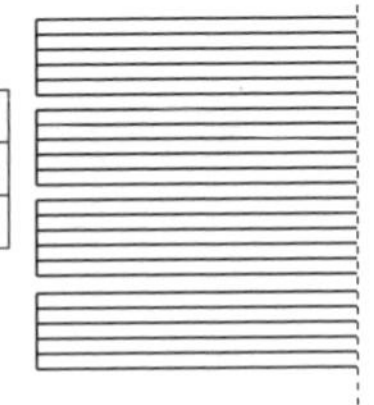

廣　告　回　信
台北郵局登記證
台北廣字第01764號

平　信

To：**大田出版有限公司　（編輯部）收**

地址：台北市 10445 中山區中山北路二段 26 巷 2 號 2 樓
電話：(02) 25621383　傳真：(02) 25818761
E-mail：titan3@ms22.hinet.net

＊請沿虛線剪下，對摺裝訂寄回，謝謝！

大田精美小禮物等著你！

只要在回函卡背面留下正確的姓名、E-mail和聯絡地址，
並寄回大田出版社，
你有機會得到大田精美的小禮物！
得獎名單每雙月10日，
將公布於大田出版「編輯病」部落格，
請密切注意！

大田編輯病部落格：http：//titan3pixnet.net/blog/

智　慧　與　美　麗　的　許　諾　之　地

※請沿虛線剪下，對摺裝訂寄回，謝謝！

讀者回函

你可能是各種年齡、各種職業、各種學校、各種收入的代表，
這些社會身分雖然不重要，但是，我們希望在下一本書中也能找到你。

名字／＿＿＿＿＿＿ **性別**／□女 □男　**出生**／＿＿＿年＿＿＿月＿＿＿日

教育程度／

職業：□ 學生□ 教師□ 內勤職員□ 家庭主婦 □ SOHO族□ 企業主管
□ 服務業□ 製造業□ 醫藥護理□ 軍警□ 資訊業□ 銷售業務
□ 其他＿＿＿＿＿＿

E-mail/＿＿＿＿＿＿＿＿＿＿ 電話／＿＿＿＿＿＿

聯絡地址：

你如何發現這本書的？　　**書名：歡迎來到東京食堂**

□書店閒逛時＿＿＿＿書店 □不小心在網路書站看到（哪一家網路書店？）＿＿＿＿
□朋友的男朋友(女朋友)灑狗血推薦 □大田電子報或編輯病部落格 □大田FB粉絲專頁
□部落格版主推薦＿＿＿＿＿＿
□其他各種可能 ，是編輯沒想到的＿＿＿＿＿＿

你或許常常愛上新的咖啡廣告、新的偶像明星、新的衣服、新的香水……
但是，你怎麼愛上一本新書的？

□我覺得還滿便宜的啦！ □我被內容感動 □我對本書作者的作品有蒐集癖
□我最喜歡有贈品的書 □老實講「貴出版社」的整體包裝還滿合我意的 □以上皆非
□可能還有其他說法，請告訴我們你的說法

＿＿＿＿＿＿＿＿＿＿＿＿

你一定有不同凡響的閱讀嗜好，請告訴我們：

□哲學 □心理學 □宗教 □自然生態 □流行趨勢 □醫療保健 □ 財經企管□ 史地□ 傳記
□ 文學□ 散文□ 原住民 □ 小說□ 親子叢書□ 休閒旅遊□ 其他 ＿＿＿＿＿＿

你對於紙本書以及電子書一起出版時，你會先選擇購買

□ 紙本書□ 電子書□ 其他＿＿＿＿＿＿

如果本書出版電子版，你會購買嗎？

□ 會□ 不會□ 其他＿＿＿＿＿＿

你認為電子書有哪些品項讓你想要購買？

□ 純文學小說□ 輕小說□ 圖文書□ 旅遊資訊□ 心理勵志□ 語言學習□ 美容保養
□ 服裝搭配□ 攝影□ 寵物□ 其他 ＿＿＿＿＿＿

請說出對本書的其他意見：

大田出版有限公司編輯部 感謝您！